U0080907

幻魔降世

Shaswahn Story Online II

初心者大冒險★偶像哥哥請多指教

003 【LETTER】
給我最思念的人

005 【序　章】
守護那唯一的珍愛

011 【第一伺服器】
新的旅程，創造就是改變的開始！

025 【第二伺服器】
職業與種族，你要挑選哪一種？

051 【第三伺服器】
冰雪妖精，冰晶神將會保佑你。

077 【第四伺服器】
輕佻，卻也帶著暖意的男人。

103 【第五伺服器】
那個……路上的野獸不要踩！

129 【第六伺服器】
完整的世界，不完整的自己……

153 【第七伺服器】
驚豔！美麗人兒的華麗衣裝！

175 【第八伺服器】
少年啊，汝真正的心願是……

209 【番　外】
【石川讓】見面之初

229 【番　外】
【薇薇安】童年之時

給我最思念的人：

一年又過了，您在那裡過得還好嗎？

今天窗外依然持續的下著雨，如果雨能快點停就好了，這樣也許大家的心情都會好一點。

我很懷念那段過去的日子，只要我和哥哥一起比賽奔跑回家，打開家門就能看見您走出廚房，對我們露出溫柔微笑的樣子。

「歡迎回來。科斯特、碧琳。」

這句話，我永遠無法忘記。您的聲音，至今還留存在我心裡。

那時的我裝作懵懂，牽著站在黑白靈堂前無聲哭泣的哥哥的手問出那句話，只是因為他們並不希望我了解「死亡」的意義。

但其實，我懂。我真的知道。

與您相處的日子已經不會再出現了，那樣的溫柔笑顏，已經不會再出現在我們面前了。

然後，很多事情也跟著起了變化，扭曲到無法再復原。而我，卻無法理解為什麼這一切會變成現在這副模樣。

如果您還在，也許這些事情都不會發生。

我、哥哥、還有您和……那個人，我們會一如往常的度日。我和哥哥奔跑著回家，您用笑臉來迎接我們，然後那個人開了門進來。

四個人，一起坐在餐桌前，笑著談論整天以來發生的趣事。

如果可以，我真的很希望能夠回到您還活著的那段時光，這樣的話，所有的一切，一定都會……和現在完全不同。

▶▶Loading...

序章

守護那唯一的珍愛

空氣中瀰漫著夾雜水氣的寒冷，毛毛細雨敲打窗戶，空無一人的街道只剩下幾盞路燈還亮著，大樓的LED電子鐘閃爍了幾下，變成「24:00」。

安靜的住宅區裡，所有人都陷入香甜的夢境中。

黑暗的房間裡，一雙眼睜開。蓋著薄被的身影小心翼翼的探望，然後起身來到角落。

少年穿上外套，老舊的布料沾了洗不掉的汙漬。

抓起一旁的背包，少年走回睡墊旁。

睡墊上躺著的是與少年擁有相似髮色的女孩，似乎是因為被子過於單薄，女孩睡得並不安穩，還不時淺咳幾聲。

少年用指腹觸碰女孩有些發紅的臉頰。

女孩感覺到冰冷的觸感滲入皮膚，她的睫毛動了動，碧綠的雙眼在黑暗中睜開，在看見跪在墊旁的少年時，她驚訝的喊了聲：「哥哥！？」

「噓。」少年做了個噤聲的動作，慌張的望一下門口，確定沒有聽見什麼多餘的聲音後才鬆口氣，轉而對著女孩小聲說：「走，我們現在走。」

女孩嚇了一跳。

「哥哥要離開這裡嗎？但、但要是被爸爸發現的話……」

那是根深於記憶中的恐懼，她害怕如果這次的行動被發現，不光是她，就連少年也會遭到更凶狠的暴行。

「我會保護妳。」

女孩愣了愣，少年用著認真且堅定的語氣再重複了一次剛剛的話語：「不管如何，我會保護妳。」

「但、但是……」女孩的聲音中還有些猶豫。

「那傢伙，根本沒把我們當成自己的孩子！」蒼白的手指縮成拳，因為出力而微微顫抖，少年語氣中有著無法解開的恨，「會疼我們、會抱著妳在睡前哄歌的人已經消失了，與其在這裡當他酒後的出氣筒，不如離開這裡。我會保護妳，這是我答應媽媽的，我要做到的事情！」

靜默許久，明亮的眼眸一垂，小小的掌心握上了有些低溫的手掌。

「如果這是哥哥的願望……因為我也答應了媽媽，要保護哥哥。」

女孩後面的句子說得很輕，少年並沒有聽見。

少年拿起外套幫女孩穿上，拉過背包揹在胸前，接著轉過身。

小小的雙手從身後探出靠在肩膀，使力一撐，少年揹起女孩，但就在此時，房門外傳來了走動的腳步聲，少年和女孩同時一愣，嚇到幾乎不敢呼吸。

如果被那個人發現該怎麼辦？

腳步聲在門口停頓了一下，眼見門把轉動，門板即將開啟。

少年幾乎可以聽見自己的心跳聲在耳邊狂亂的跳動。

——不要進來、不要進來！

「哥、哥哥……」女孩如蚊般的聲音明顯透露出害怕，小小的身軀顫抖到無法停止。

窗戶傳來雨水的拍打聲，在靜謐的空間裡更為響亮。

或許是上蒼聽見了兩人的祈求與害怕，原本打開一小條細縫的門板竟停頓了一下，隨後重新闔上，接著傳來的是離去的腳步聲。

少年整個人虛脫的跌坐在睡墊上。他真的不知道如果剛剛被那個人看見了，他們的下場會是如何……他挨打是沒關係，但是身體已經這麼虛弱的妹妹根本沒法再挨一次打，他想逃走的衝動真的是正確的嗎？

要是被發現了……

「哥哥，我們走吧。」在耳邊響起的小小聲音拉回少年幾近崩潰的情緒。埋進少年肩膀的臉龐傳來認真的語調：「如果這是哥哥的願望，那麼我們就走吧，因為碧琳要……保護哥哥。所以走吧。」

咬牙，細長的睫毛微微顫動，少年的眼眶有些溼潤，但也下定了決心。因為這根本是不必考慮的問題，是早就決定的……在總是帶給他們如太陽般暖意的女人去世後、那個人變成施暴者的同時早就決定好的，他要帶著他唯一珍愛的人逃走。

深吸一口氣，少年重新揹好背包及妹妹，然後來到門邊仔細聽著外頭的動靜，確定無聲後才小心翼翼的打開房門，來到樓梯口。

他努力讓腳步不發出聲音，但也因為加快速度而有些慌亂。

曾經，他擁有過無比璀璨、人人羨慕的陽光。

只要有那道光芒的存在，每一天他都會覺得很幸福。

但是現在太陽已經消失了，剩下的是還未燒盡的燈火，不論如何，他都要保護住才行，即便會受傷、即便必須在荊棘中攀爬，他也要守護好才行。

打開門扉，混雜雨夜氣息的溼冷空氣，隨著開門的動作沁入室內。

回頭看一眼生活了十四年的空間，本是「家」的地方竟讓他覺得陌生。

不能回頭了，為了妹妹，他絕對不能回頭，也已經……沒有回頭的機會了。

微微開啟的唇吐出一口白煙，他將身後的人揹好了些。

腳步邁開——

少年跑進雨霧裡，不再回頭。

►►Loading...

第一伺服器

新的旅程，創造就是改變的開始！

菲爾特經紀公司——位於「底格」這座由人工填海所連接起的大陸區塊中最繁華的A市市區裡，是一家跨足演藝、劇劇、歌手、舞蹈……等各式各樣藝人娛樂產業的經紀公司。以培養下一代天王、天后為口號，如號稱「舞王」的新一代天王「木蔘」，還有歌姬「梅爾特」，都是從這家經紀公司一手打造出道。

不只如此，市面上最受歡迎的歌星、演藝人員、舞者，大部分也都是菲爾特經紀公司的旗下藝人。由此可見，菲爾特在世界的影響力是不容小覷的。

在底格，各座城市全是用A、B、C……Z等二十六個古文字母來標稱。據說在以前這些字母被稱為「英文」，那時還具有區隔地區的意味，現在卻完全融入所有人的生活中，沒有「英文」、「中文」、「日文」這些讓人混亂的語言，而是融合統一成「底格語」。

在A市的中央市區有一家醫院，醫院裡坐擁廣大的花圃及好幾棟的分區大樓，各個不同症狀的病患會被安置在不同的樓層。位於東邊最底的大樓是安排長久住院的病患住房，而現在，一樓的玻璃自動門向兩旁開啟，一道人影走進大廳。

男子的頭髮有些長，幾乎到頸部，那是一種像是銅紅的金色，垂長的瀏海因為低頭而微微遮住左臉，身上穿著簡單的白色冬季休閒服以及黑色牛仔褲。

大廳裡，坐著輪椅的病人、以及護士和醫生來來去去。

男子將鴨舌帽壓低許多，提著一個紙袋，搭上電梯到達三樓，來到盡頭的病房。

他是科斯特．桑納，同時也是菲爾特經紀公司目前新主打的歌手，至於為什麼新新歌星會出現在中央醫院裡，則是因為……

310　碧琳．桑納

科斯特停頓了一下，終於伸手打開房門。

純白的房間裡只有一張床、兩個床頭櫃，在床鋪斜對面的矮櫃上則是放置著一臺小型的液晶電視。

靠坐在床頭的少女與男子同色的長髮有些捲曲的垂攏在右胸前，陽光從窗戶灑進室內，讓原本死白的色彩總算多了些變化。

碧琳順聲望去，然後在看見科斯特的那一刻露出了燦爛的笑容，「科斯特哥哥！」

科斯特眼中的冰冷難得融化。

將房門關上，科斯特來到病床邊拉過椅子坐著，將紙袋裡裝著的保溫瓶拿出來，倒了一杯遞給碧琳，眼裡滿滿的寵溺。

與其他某些放滿醫療儀器的病房不同，這裡保留了傳統的單純。

科斯特不希望無法踏出病房的碧琳還得被關在布滿儀器的房間，所以在接受公司讓碧琳住進這家擁有更好醫療照護的醫院的安排時，拒絕了滿是醫療設備的照護病房，改而選擇保留單純的傳統病房。

這不只是他，也是碧琳自己的意願。

「蜜絲茶，趁著石川在忙的時候偷偷借用公司的設備煮的。」

蒼白的手指緊緊包攏住杯子接過，遞到嘴邊喝了一口，碧琳碧綠的雙眼瞇成月牙狀，滿足道：「果然還是哥哥煮的蜜絲茶最好喝，上次那個根本比不上。」說完，她臉頰鼓起一座小山。

想起上次那杯品質不良的茶品，科斯特不好意思的搔搔頭。

「抱歉，因為通告排滿整天，完全抽不出空可以好好煮杯茶，不過現在倒是有段時間可以輕鬆點。」

「沒關係。」

「嗯？」

科斯特抬起頭，只見碧琳搖搖頭，長長的睫毛因為垂著而產生陰影。

「沒關係的，哥哥很忙，要是我想喝茶的話，也可以自己泡。」

科斯特一愣，隨後摘下鴨舌帽放在床頭櫃上。

那是一張融合女性陰柔以及男性剛硬的臉龐，趨近中性的樣貌可以稱得上帥氣，也可以稱為美麗，碧綠的眼眸靜靜的宛如湖水漣漪。

科斯特起身坐往床沿，掌心就這麼探出，放在碧琳的頭頂。

「我沒辦法幫妳把這痛帶走，能為妳做的就這麼一件事情，就別跟我搶了。」淺淺的音調帶著無數憐惜與忍耐。

純白的棉被蓋住半身，那是碧琳長久以來住在醫院的原因。如果可以，他希望自己替她承受這種病痛，因為這孩子受過的苦已經夠多了，而他所剩、所珍惜的也只剩下她一人。

不，應該說即便那些人活著，也只有碧琳擁有足夠讓他付出一切的價值。

「不痛，碧琳並不會覺得痛，因為哥哥已經是我的雙腳了，不是嗎？」

是啊，不管是到花園散步或是偷偷溜到街上，科斯特哥哥總是願意揹著她，沒有抱怨，總是用著笑容面對她，對她來說就已經夠了。

科斯特一愣，笑著接過碧琳喝空的杯子，詢問：「還想再喝一杯嗎？」

「好。」

聽見應答，科斯特再次將保溫瓶裡的液體傾倒在杯中。

而在此時，碧琳傳來了帶著一絲波動的問話：「哥哥還記得《創世記典》這套線上遊戲嗎？」

科斯特一愣，視線落在碧琳手上精緻的黑色電子錶，以及從床頭抓來的鑲著橘黃液晶板的護目鏡，他微笑著闔上保溫瓶的開口，說：「記得那時候的妳很開心。」

那時候他剛出道，好不容易有機會可以讓碧琳換到好一點的醫院，但也因為急著想賺錢，所以常常把自己壓得喘不過氣，每天只能趁醫院尚未關門前的十分鐘趕來看她。

因為自己沒辦法常常陪伴著她，恰巧病房的電視正在播出新上市的線上遊戲廣告——《創世記典Online》。

即使雙腳不便，只要進入遊戲裡，就能擁有像正常人般的行動力，那是他所期望的。當然，他也沒看漏碧琳雖然嘴上說不要，但實際上卻是盯著廣告目不轉睛的樣子。

然後，他花了第一筆通告費買下一組設備送給她，那時的她笑得好開心。

之後，遊戲公司突然全面回收所有設備；事隔半年，又再度將設備無條件的奉還，同時也打出改版的廣告，也就是現在碧琳手上的設備。

「《創世記典》真的是個很棒的世界，如果可以的話，哥哥也來玩玩看，好嗎？」

「咦？」

碧琳摸著設備，雙眼的璀璨讓科斯特幾乎無法移開眼。

「因為，如果可以跟哥哥一起走在路上的話該有多好。我說的不是哥哥揹著我，而是我靠著自己的雙腳走著，因為不可能，所以只要在那個世界裡頭就能跑能跳，可以和哥哥一起玩。」

「碧琳……」

「我在遊戲裡頭藏了一個寶物，希望哥哥能找到它。可以嗎？哥哥……」

科斯特垂下眼，本還想說些什麼，沒想到此時房門突然被打開。

一名男子站在房門處大口喘氣，看起來像是剛剛歷經疲累奔走的樣子，拘謹的米黃色西裝也東鬆西垮，原本該是整齊的黑色短髮則凌亂不堪。

「石川？」

他是石川讓，科斯特的專屬經紀人。

石川的視線盯在科斯特臉上，他大聲抱怨：「科斯特，拜託你下次要來前先告知我一聲行不行？你都不知道現在公司找你找得都快翻了！優游的導演突然來拜訪，指名說要看你……」

走到床邊，石川的臉色瞬間變為溫和的微笑，雙掌合十對著碧琳說：「小碧，不好意思，現在公司裡有很重要的人要見妳哥哥，所以先讓我借走他一會兒，好嗎？」

這對兄妹的一切事情他都了解，不管是那令人窒息的過去、幾乎從早到晚接下無數的兼差工作，或是之後接受邀約當上歌手，都只為了能夠多賺點錢來讓令人心疼的親妹妹住上好一點的病房、接受更好的治療，期待有一天因為小時候落下的病痛能夠遠去，那雙無法站起的雙腳能夠有自立走動的一天。

「這段時間明明就是排好讓我看碧琳的……」

某人的大掌直接壓在科斯特後腦，阻止科斯特繼續反駁。

碧琳輕笑著：「嗯，沒關係，哥哥要好好加油喔！不用擔心我，想泡茶的時候我會找護士來幫忙。」

「耶，碧……」科斯特才剛開口，後腦再度被壓住，不只如此，整個人更是瞬間被拖離床沿朝著門口接近。

「小碧，下次讓大哥再買李孝萱的《閃耀之心！GO LOVE！》全套送給妳，今天科斯特我就先帶走了。」石川豎起大拇指，眼角閃過一枚鑽星。

「沒問題，我等著！」碧琳同樣豎起大拇指，一枚鑽星同時轉個一百八十度現身了。

「碧琳——」

還想掙扎的科斯特被石川一把勾住脖子，石川的眼睛突然放光，詭異的氣氛飄散四周，讓科斯特不自覺的打了個冷顫。

「咯咯咯咯咯……你還想掙扎嗎？乖乖的束手就擒跟我回去吧！」

就這樣，門板「碰」的一聲關上，也將科斯特拚命掙扎的身影完全遮住。

許久之後碧琳才將視線從緊閉的門扉移開，看著只剩下自己一人的病房。原本揚起的嘴角漸漸布滿落寞，手掌隔著棉被摸了摸毫無感覺的大腿，最後碧琳的視線落在懷裡的設備上。

「不會痛的，已經不會痛了，就算被爸爸打也不會再痛了……」

腦海中是極想忘懷卻也無法遺忘的回憶，不管是那時候的自己身上滿是傷痕，或是科斯特帶著她逃離那個地方，她就從未再喊過一聲「痛」，因為看著傷得比自己嚴重卻還是護著她、背部挨著打卻還是對她露出笑容的科斯特，她不敢說。

「就算哥哥已經受了傷，卻還是對我露出那樣溫柔的笑容，所以我希望哥哥也能擁有幸福，這般善良的科斯特哥哥……我把寶藏藏在那個世界裡，等著哥哥去找出來喔……」

呢喃，帶著唯一的溫柔，碧琳望向窗外的藍天，淺淺的微笑著。

▲▲▲◎▼▼▼

銀色的轎車跟隨車陣緩慢行駛，四周還有許多浮空機車飛掠而過，坐在副駕駛座的科斯特右手靠在窗檻上，托著下巴。

七彩的商店一家一家晃過，在他眼中卻未凝聚一點。

「科斯特，等一下見到優游的導演時記得禮貌點，我知道打擾到你和小碧會面的時間讓你很不高興，但是這次的演出機會是很難得的，如果成功，到時候說不定可以讓小碧接受更好的治療……科斯特，你有在聽我說話嗎？」久久得不到回應，隨著煞車板的踩下，銀色轎車停駛在紅燈前，石川轉頭望向科斯特，語氣也加重了些。

「……什麼時候才能真正的接受『好』的治療呢？」

石川一愣，只見科斯特垂手靠在椅背上，將帽簷壓低許多，「如果碧琳的病也能像那些一個接著一個、不斷被汰換掉的醫生一樣好轉就好了。」

那間充滿藥水味的白色房間，究竟何時才能離開那樣的地方？

那身逐漸衰弱的身體，何時才能回到以前那般靠自己力量奔跑的模樣？

科斯特無奈的語氣讓石川不知道怎麼安慰，一瞬間車子裡的氣氛變得僵硬沉默。紅色的大燈轉為綠光，銀色轎車再度緩慢前駛。

「雖然不知道要到什麼時候，但是……」石川空出一隻手放在科斯特的頭頂揉了揉，「小碧很堅強，身為哥哥的你可別成為妹妹的笑柄了，我會盡力幫你們找到更好的醫生，而你，就帶著身為兄長的微笑陪伴著她。總有一天你們的世界一定會放晴的，至少我是這麼相信著。」

感受放在頭頂的暖意，科斯特不自在的別開頭。

石川的鼓勵及幫助他不是不懂，他也很感謝，但每每話到嘴邊卻又無法輕易吐出，或許是石川對他的好會讓他不由自主的與以前的生活畫上對比，可只要想到碧琳，他就無法對每個大人露出真心，無法道出真正的謝意。

科斯特將頭靠在玻璃窗上，垂下眼眸，無意識的掃看著車窗外的景色。就在此時，幾個字晃過視線，科斯特愣了一下，開口喃語：「停車。」

「嗯？」

「停車！」

突然加大的音量讓石川嚇了一跳。看見科斯特整張臉朝著後方玻璃望去，他愣了一下，隨即將方向盤一轉，停靠在路旁。

車一停，科斯特立刻開門衝下車，往後方跑去。

「科斯特！？」

看著突然往回跑的少年，石川也趕緊解開安全帶，下車喊了一聲。但科斯特並沒有停下腳步，而是繼續朝前跑。

思考了兩、三秒，石川摘掉車鑰匙，鎖上車門，往科斯特的方向追了過去。

「那傢伙是看到了什麼，熟人嗎？還是……？」

雙腳一停，石川看著眼前掛著白色招牌的小店面，眨了眨眼，困惑滿天飛。

「科斯特跑來玩具店做什麼？」

石川本打算進入店裡，卻沒想到科斯特剛好捧著一個物品走了出來，包裝精美的透明材質盒子露出裡面的橘黃色儀器，盒面的浮雕字樣讓石川露出訝異的表情。

「《創世記典》！？你買這個做什麼？」

「……和碧琳約好了。」

「什麼？」

科斯特捧著懷裡的設備，露出了石川從未見過的幸福微笑，那是帶著恬然安適的淺笑。

「我想要……去把碧琳藏在那個世界裡的寶藏找出來。」

「我在遊戲裡頭藏了一個寶物，希望哥哥能找到它……」

他想去看看碧琳在夢中所見到的世界，想去把她埋著的寶藏找出來。

為了她，他可以不要一切，所以只要是她的要求，他都會做到，但其實……與其用碧琳的要求來當藉口，不如說是他想再次見到碧琳所露出的笑容，用著完好無缺的雙腳來到他面前，只要有任何機會他都願意去試。

……只要能找回他們已經失去的東西。

▶▶Loading...

第二伺服器

職業與種族，你要挑選哪一種？

這是一棟擁有五十層樓高度的美觀建築公寓，前有花園、後有泳池，而在公寓的隔壁也設置有另一棟較矮的建築，那是專門為藝人們的需求而建造的，內部有健身房和美容ＳＰＡ室，也有因應各種型態的藝人們的練習室，包括歌唱、舞蹈、演戲……等各式各樣的練習場所。

這棟公寓是菲爾特經紀公司特別安排的住處，除了保全嚴謹，能嚴禁瘋狂粉絲和狗仔的打擾外，也比較能掌控藝人們的狀況。

而專門提供藝人住宿的主要公寓每一層樓都各有兩間房，一間是給藝人的專用住宿房，一間則是配給經紀人的房間，以達到可以隨時應對情況及通告的目的。

科斯特的樓層位於中央的二十三樓，雖然不算高，但也不算低。有些藝人會希望自己的房間越高越好，討個好兆頭之類的，但科斯特不在意這種事，住高住低對他來說並無影響。

當石川載著科斯特回到他所住的公寓時也已經入夜了。

「那麼，等通知下來我會告訴你。科斯特，下次可別再擺出一副平板臉，要是接下優游的戲劇工作，至少能讓你的知名度上升好幾個百分點。」停好車的兩人走進公寓的電梯，按下樓層鍵，當電梯門闔上時，石川對著科斯特囑咐著。

「如果你讓那傢伙用那種看女人的眼神盯著一小時也不會感到怎麼樣的話，我就認了。」

冰冷的語氣聽得出目前主人的情緒頗不爽。

聽見科斯特的話語，石川苦笑的搖搖頭，「我知道，但是……」

「叮！」

電梯門應聲而開，科斯特先一步踏出電梯，石川搔搔頭，隨即跟上。

「今天你也累了，好好休息吧，這件事情我們明天再談。」看著打開門鎖的科斯特，石川只能先打住原本想說的話。

但科斯特並沒有回話，沒有點頭也沒有搖頭，更沒有應聲。

石川當然知道科斯特今天已經做足了面子，沒直接把劇本扔到導演臉上是萬幸了，但是有些時候這樣的任性表現並不會為自己帶來獲利，反而會受到更大的傷害。對於這樣的社會形勢，石川也是無可奈何。

「看這樣子，科斯特大概也不會妥協了吧……看來只能推掉了。」

輕嘆口氣，石川只能看著科斯特沉默的進到自己的房間裡，然後冰冷的門板應聲闔上。

將裝著遊戲設備的盒子放在床上，科斯特坐在床邊，抬頭看著天花板的水晶吊燈。

他當然明白如果接下這份工作，對自己、對碧琳會有多少幫助，也會給石川省去多少麻煩，但他就是無法放下那股自尊，想想要是以後拍戲時都得讓那傢伙用那種噁心巴拉的目光盯著，他就渾身不舒服！

但若是不接，說不定可能會給經紀公司和石川帶來麻煩，畢竟優游也不是好惹的。

「我到底該怎麼選擇呢？小琳……」

想著想著，科斯特也只能煩躁的扒亂頭髮，然後抓著衣服進浴室沖澡去。等他洗完後也已經把雜亂思緒沖掉一大半了，什麼煩躁的問題留著別天說吧，反正現在想也想不出個什麼來。

用毛巾擦著頭髮，科斯特來到有著兩公尺寬的落地窗前，看著窗外某棟閃爍著紅色光點的建築露出微笑。

其實從這裡剛好可以看見碧琳所待的那間醫院，白天可以看得比較清楚，晚上只能靠燈光來辨識，雖然遠得只剩一個小點，但他知道醫院在那裡，碧琳在那裡。

回望向床上的設備，科斯特頓了一下，走到床邊開始拆開包裝，拿出盒內的設備——一個鑲著橘色液晶板的護目鏡，和有著纖細錶帶、長型錶面的精緻黑色電子錶。

因為他沒玩過線上遊戲，所以也不太清楚這些東西是不是真的能產生神奇的功用，但是碧琳的笑容是那樣的真實……光靠這兩樣東西，真的能進入另一個世界嗎？

科斯特不確定。

但現在都買下設備了，他也只能試試看。

對了，他好像忘了問碧琳該怎麼找到她……

拍了下額頭，科斯特暗罵自己的疏忽，然後視線又瞟向裝備。沉思了一會兒，科斯特還是決定先嘗試看看這東西的功效。

碧琳所看見的究竟是怎麼樣的一個世界呢？

抿脣，科斯特拿起盒內用透明袋包裹著的小晶片，依照包裝上頭的指示說明塞進手錶邊緣的凹槽裡，時間和天氣瞬間顯示在原本空白的錶面上。

科斯特取下自己原本戴著的指針錶，換上那黑沉色調的電子錶，戴上護目鏡，隨後按下床頭的燈鈕關掉電燈，在床鋪上側身躺下。

不知道護目鏡是用什麼材質製成的，看起來似乎有些厚度，但是這樣壓著的時候其實並沒有什麼感覺。

世界變得漆黑，窗外閃爍的燈光更加耀眼，科斯特望著醫院所在的方向。

「晚安，碧琳。」

科斯特闔上眼，隨著清淺的呼吸聲，黑色電子錶開始發出細小的嗶嗶聲響，規律且帶有催眠的效果。當鈴聲響到第十二聲時，電子錶上頭的時間、日期顯示突然消失，取而代之的是另一排字——

Game Start!

▲▲▲◎▼▼▼

那是一大片無止境的綠色，微風吹過草皮，層層波浪般的飄動讓草皮看似是柔軟的毛衣，而藍色的天空飄著如棉花糖般的白雲。面對眼前的美景，科斯特驚訝到幾乎無法言語。

「這就是碧琳所說的世界嗎？」

那是種細微的觀感，有點感動，有點震撼，種種情緒就像一股暖流般在胸口竄走。

科斯特低頭看著自己所踩著的草地，突然想起了小時候和碧琳在公園玩的場景，那是他們唯一擁有的天空。

「歡迎您來到《創世記典Online II幻魔降世》，新玩家。」

突然出現的聲音讓科斯特回頭，映入眼簾的是與草地相映的翠綠。

那是身穿一襲翠綠妖精裝扮的少年。袖口由淺黃柔布交織而成，上衣的背部垂攏著如妖精翅膀般的披肩，下半身是一襲淺色綠的燈籠褲，腳上穿著彎角軟靴，靴子口還帶有兩顆七彩鈴鐺。

少年的頭髮是一種如嫩芽般的綠，右邊垂髮挑染著一撮橘黃色。

眼眸帶著不屬於該外表年紀的溫和微笑，少年右手置於腹前，對著科斯特行了個彎身禮。

「您好，我是《創世記典Online》的創角員，稱呼我為ＥＰ1就可以了。」

「而我則是ＥＰ2喔！」

一名綁著兩邊大捲的褐髮女孩從ＥＰ１身後「咚」的一聲跳出來，水藍色的蓬裙洋裝隨著她的動作晃了一個弧度，兩邊的燈籠袖口各自用著亮線流蘇交叉攏垂，背後有著與少年相同的披肩，只不過那是白底薄紗的材質。女孩腳上穿著與洋裝相映顏色的尖角軟靴，而她的左邊側髮則是挑染著一撮紫紅色。

科斯特一愣，疑惑的問道：「創角員？」

「是的，在《創世記典》裡頭，協助玩家完成創立角色的工作人員。聽您的聲音帶有困惑，您是第一次玩線上遊戲嗎？」

「呃……」科斯特有些僵硬的點頭。

像現在這樣發達的社會，線上遊戲可以說是家庭隨手可得的娛樂品，每個人多少都玩過一、兩款線上遊戲，可他現在才開始觸碰第一款遊戲。

其實科斯特有點不知所措。一般小孩子就算沒玩過那款玩具，也會硬說自己玩過來達到與同伴間的共同價值觀，但科斯特卻無法撒謊，僅能誠實的回答，只是不知道等一下會不會被對方用怪異的目光看待就是了。

「原來如此，那麼我們就從頭開始向您介紹好了。」

科斯特訝異的抬起頭，望進眼裡的是一抹溫和的笑容。

「你、你不覺得奇怪嗎？」

「您指的是什麼呢？」

「就、就是我……我沒玩過線上遊戲……」

科斯特聲音如蚊，卻也讓EP1和EP2聽到了。

EP1笑著搖搖頭，「在您到來之前，有104083位玩家都是第一次來到線上遊戲的世界，這並沒有什麼，每個人都有第一次嘗試的時候，不分時間或地點，那些都不重要，重要的是您是否能在接觸這東西之後得到什麼樣的啟示或學習。《創世記典》能夠成為您第一款觸碰的線上遊戲，我們由衷的感到榮幸。」

少年的話，讓科斯特心裡的彆扭少去很多。不知道為什麼，對方總讓他覺得眼前站著的是長輩似的，但和他所討厭的大人不同，是個……足以包容所有人的存在。

「那麼大哥哥，我們就開始介紹囉！」

ＥＰ2蹦蹦跳跳的晃動手指，科斯特的身後立刻出現一張藤編的椅子，椅子往前一移碰撞到科斯特的膝後，科斯特立刻往後跌坐在椅子上。

「因為您是第一次玩線上遊戲，所以我們就從各種基本名詞開始介紹，這樣可以嗎？」

科斯特點點頭，ＥＰ1便伸手一揮，一杯熱奶茶瞬間憑空出現，飄浮在科斯特面前。

「請用，這是用高度純淨的高山水製成的，保證天然無汙染，甘甜清純。」

「是我泡的呦！」ＥＰ２一臉傲容的接話。

科斯特眨眨眼，愣愣的接下眼前的瓷杯，看著杯中正在冒熱氣的液體不知道該不該喝，畢竟現在他所處的地方並不能用常理來判斷，吃的東西也……

「放心，雖然那是虛擬物質，但我保證比實際的物品來得好喝許多，而且也絕對不會拉肚子，您放心好了。」

被戳到想法，科斯特頓時漲紅臉，趕緊捧起瓷杯大口灌下，但也因為這樣而被燙了一口。

「好燙！」吐著舌頭搧風，科斯特越發困窘了。

ＥＰ1只是笑了笑，和ＥＰ2同時舉起手，一大塊藍色的透明螢幕瞬間出現在中央，螢幕上用著白光色澤書寫著一些字體，分別是一些基本名詞和解釋，大概有五、六個。

ＥＰ１開始解說：「在虛擬的世界裡，為了因應娛樂性，每個人都可以自由改變自己原本的樣貌，比如說您可以改變髮色、改變髮型、增添紋飾或是疤痕、改變身高、改變種族，讓您在遊戲中可以更加流暢的進行，或是……改變成理想中的自己。」

「理想中的……自己？」

垂下眼，科斯特看著杯中香醇的液體。

理想中的自己是什麼樣子？他從來沒有想過。

從以前到現在，他唯一的目標就是醫治好碧琳，其他夢想什麼的他根本沒有想過——應該說，他根本沒有資格去想。

「在遊戲裡面會有各式各樣的任務，也會有各種需要破解的問題或是難關，在這個時候大哥哥你就需要找尋ＮＰＣ（注一）或是ＧＭ（注二）喔！」ＥＰ２晃動手指，螢幕上的幾個專有名詞瞬間被紅光圈起來。

科斯特邊看著名詞後方的文字說明，邊聽著ＥＰ１的簡單解釋。

「只要頭上有驚嘆號的角色，都是可以承接任務的ＮＰＣ；若是您在遊戲上遇到任何問題，可經由手鐲上的信件鈕的預設名稱來與ＧＭ進行諮詢。」

流程到這裡，科斯特大概了解線上遊戲的基本運作模式。他看向ＥＰ１和ＥＰ２，提出疑問：「那麼，你們是ＧＭ？」

少年與女孩互看一眼，噗的一聲笑了。

ＥＰ１回答：「就某方面，要這麼說也是可以。」

「勉勉強強可以算是啦！」ＥＰ２露出了燦笑。

「另外，現實中的手錶在進入遊戲後會變成手鐲，也是《創世記典》改版後的結果。上面有藍、綠、紅三顆寶石對吧？當您觸碰它的時候，會出現操作的虛擬面板，您可以經由觸碰寶石來查看資訊或是進行其他遊戲的相關操作。」

科斯特舉起手，上面應該戴著的手錶果真變成了一個有著三色寶石的銀色手鐲，手鐲寬約兩公分，整體是精緻的鏤空刻花設計，看起來很像高檔的銀飾品。手鐲雖然緊貼手腕，但卻不會有不舒服的感覺。

「在您進入遊戲之後，新手村的長老會再跟您進行詳細說明。」

「那麼大哥哥你還有哪裡不懂的嗎？」

「咦？呃……暫時沒有……」

「太好了，那麼我們可以開始進入創角流程了。」

ＥＰ２小掌一拍，拉著科斯特來到螢幕面前。

藍色的螢幕瞬間變成一面周圍掛著各種布娃娃的落地鏡。當然，如果上面完全是可愛的娃娃就算了，但是布娃娃裡還藏著幾個看似詛咒用的長髮娃和頭上插一把刀的爆頭鬼娃。

科斯特開始質疑起這款遊戲的品味了。

「那麼我來介紹一下《創世記典》裡頭的種族。」

順著話語，鏡子裡顯示出四列橫排，每一排都有七個角色。每個角色都擁有不同的型態及樣貌，底下更是標示著不同的種族名稱，不過角色的臉部卻是暗沉得看不出任何表情。

「基本上《創世記典》的角色分為七大種族：人族、妖精族、暗黑族、光明族、獸族、精靈族、隨機式隱藏種族。」

ＥＰ１邊說，畫面的角色也跟著一一放大展示。

看得出來《創世記典》的種族挑選非常多樣化，除了人族是單一選項外，其他種族甚至還細分了十幾種類型。

「您可以參考螢幕上的型態展示來進行挑選。另外，我們也有提供擲骰服務。」

在所有角色都跑過一遍後，取而代之的是一枚六面全是問號的正方體黑骰。

「若是您無法下決定，可運用骰球。當然，因為是隨機式選擇種族，所以也藏有選項裡所沒有的隱藏式種族，您可以參考看看。」

科斯特看著鏡面展示的各種種族，翻了第一頁、第二頁到第八頁，再看看那顆問號黑骰，思考了下，搔了搔頭後做出決定，「我看……用擲骰的好了。」

ＥＰ２眨眨大眼，好奇問：「大哥哥你做不出決定嗎？」

「呃……太多了，不知道要挑哪一個……」

挑種族什麼的，有時候選項超出範圍真的會選不出頭緒，何況他也不是很在意這種事情，不如就直接擲骰決定還比較快一點。

「好的，那麼請拿出骰球，往上丟出擲骰便可。」

「拿出？」科斯特盯著鏡面裡的圖案，眨眨眼，露出「你是不是說錯了」的怪異表情。

「是的，直接把手伸進去鏡子裡就可以拿出來了。」ＥＰ１不疾不徐的說著。

「伸、伸進去？」把手插進鏡子裡！？

「對啊，就像這個樣子。」

手腕被ＥＰ２的小手一抓，直接往前塞進顯示著一堆影像的冰鏡裡，突如其來的狀況讓平常冷漠待人的科斯特不免發出難聽的驚恐怪叫。

「等、等一下——咦？」

雙手幾乎一半都陷進鏡面裡，但是並沒有可怕的血肉模糊景象，反而像是浸在溫水裡般，沒有特別的觸感，有的只是被溫溫的感覺包圍住。

意外的感受讓科斯特從原本的驚恐變為好奇，手指往前觸碰骰子的邊角，然後雙手捧住整顆骰子緩慢的縮回。

鏡面揚起漣漪。

科斯特看著雙手捧著的骰子，眼裡透出困惑與驚奇：這真是個奇妙的地方。

「那麼，請擲骰吧。」

ＥＰ１的話語拉回科斯特的思緒，他感受手上有些沉甸甸的重量，深吸一口氣，擲出！

隨著往上拋甩的動作，骰子飛上空中，骰面的問號開始像是在玩拉霸機一樣不停的變換著；之後，翻轉的骰體摔落在草地上，骰面也在那一瞬間停止翻轉，浮現出某種字體。

「哇塞，大哥哥的運氣超棒的耶！」

「咦？抽到什麼了？」科斯特看不懂骰面顯示的那鬼畫符般的字體。

上面到底寫了什麼？

「是冰精族呦！隱藏式種族裡的其中一種，是個超——級漂亮的種族呢！」ＥＰ２比手畫腳開心的說著。

「冰精？」

「那麼就直接進行種族轉換吧。」

ＥＰ１說完，便和ＥＰ２雙掌互靠，用著各自面對科斯特的那隻手彈了一下手指。

一瞬間，刻畫著紋路的白色光陣在科斯特腳下顯現，竄出如同花瓣般的光暈薄片包裹住科斯特全身。

幾秒後，白色花瓣散開成千萬縷光絲與光點，顯露出藏在花裡的人。

「咳咳、咳咳！你們到底……」話語說到一半瞬間止住，科斯特看著鏡中的倒影露出訝異的神情。

這——這是誰啊？

像是漸層般的銅紅長髮垂攏在後背，介於男性剛毅與女性陰柔的樣貌映襯著鑲在額心那冰花狀的透明寶石，耳朵尾端延伸出如扇形般的透明冰晶，雖然說是冰，但觸感卻是軟的，只不過溫度有些低冷，尤其是微微蓋住左臉的側瀏海竟讓鏡中人多了點美豔的感覺，而碧綠的瞳孔有些異樣的直豎著。

鏡中人身上穿著一件純白的高領短T和深色長褲，腳上則是套著一雙軟布皮靴。

原本身體就比一般男性纖細點，所以科斯特並不覺得四肢有什麼不順眼的，只是覺得手背上那如花穗般的漸層花紋有些刺眼。

……慢著，這是他？

伸手觸碰自己的嘴唇，摸摸眼睛、撥撥瀏海，鏡中人也與他做出相同的動作。科斯特嚥了口口水，扯動嘴角。

「這就是冰之妖精樣貌的您，雖然《創世記典》裡不能更改您原先的樣貌，但是卻可以選擇添加飾紋或是疤痕、鬍子之類的東西，也可以改變頭髮的顏色、長短，身高可以做加減十公分的修整。您有想要增添或改變的地方嗎？」

「慢、慢著，我還有點不太清楚，這傢伙……是我？」

「當然啊！冰精族原本內定的狀態會依據玩家的不同而做出性質上的變更，剛好套用在大哥哥身上變得更漂亮了！」

科斯特頭痛的想：慢著，妳那個叫大哥哥又說漂亮的矛盾形容詞是怎樣？

「是的，冰精族顧名思義是由冰所幻化而成的妖精種族，冰給人的感覺是剛與柔的綜合，有些玩家抽到冰精族會更添剛強，有些則會增添柔美，這些都是隨機數據。另外，冰精族也有專屬於自己的特殊技能，這點當您在進行遊戲的同時就能體會到了。」

「特殊技能？」

「就是指專屬於自己，別人不能使用的技能，像是將傷患回復至未受傷前狀態的能力、幻化的能力、隱形的能力、引導元素的能力……等，有千萬種呢！」

聽完解釋，科斯特有些呆愣的點頭。果然是個不能用常理判斷的地方，要是繼續用現實的常識套用在這裡，說不定接下來每出現一樣東西他就會被嚇一次。

「那麼您有想要改變的地方嗎？」

面對ＥＰ１的提問，科斯特看著鏡中的自己，斂了斂眼，手指輕輕觸碰鏡面上映照出瀏海的地方，「這邊，瀏海長一點吧，至少蓋到下巴。」

「咦！？這樣視線不會被阻礙嗎？而且只能看到一半的臉耶，難得大哥哥的臉蛋那麼漂亮……」雖然嘴裡有些不願，但ＥＰ２還是幫科斯特把瀏海加長了。

「沒關係，這樣剛剛好。」

沒錯，這樣就不會讓人看出自己真正的想法，這才是他科斯特，只有在碧琳面前才是他露出真心的地方。

「那麼頭髮和眼睛的顏色，您想要更改嗎？」

眼前出現了一個漸層色盤，科斯特思考了一會兒，指著其中一個近似太陽的色彩道：「眼睛改成這個顏色。然後頭髮……」

看著自己原有的髮色，科斯特垂下眼，輕聲說：「染成天空的顏色吧，然後……」他伸出雙手勾起兩邊的側髮及幾撮瀏海的髮絲，「這裡幫我保留原色。」

「好的。」

隨著應答，科斯特原本的頭髮轉成由淺到深的天空藍，兩側側髮及幾撮瀏海髮絲各自保留原來的銅紅。

看著自己的新樣貌，科斯特不自覺的伸手觸碰鏡面，嘴角揚起淺笑。

「這樣的天空，碧琳會喜歡的吧……」

他無法替碧琳分擔痛苦，只能看著她無法行動、依靠其他人的力量才能看見他們小時候所嚮往的那片自由。他是個什麼都辦不好的哥哥，那麼至少……至少用這樣的方式，在這裡成為他們當初所嚮往的那片天空吧！

「接下來，請選擇您所想要的職業。」

科斯特轉頭望向ＥＰ１，只見他開始進行下一個階段的解說，這時鏡面出現一張職業進行表，從「初心者」到「冒險者」，再接到六大分類以及其下細分的職業，包括二階轉和三階轉的職業，是個很詳細的目錄。

「《創世記典》的職業共有六大分類——盜賊、法師、劍士、武術家、祭司、弓箭手，以這些類別的相關性分為下方的細分職業，玩家的正統職稱也是從這一行細分職業為起始。」

ＥＰ１比劃了一下，在六大分類下方的二十四個職業立刻被一個紅框圈出範圍，ＥＰ１繼續解釋：「以往舊有的Online Game會以盜賊、法師、劍士、武術家、祭司、弓箭手這些來當玩家一開始的職業，但《創世記典》為了因應現代玩家對於多樣職業的需求，便將上方這六項作為分類，直接讓玩家從下方的多樣職業開始選擇，但職業表裡的各個分類中還是有盜賊、法師、劍士、武術家、祭司、弓箭手這些基本職業可供選擇。」

解釋完，ＥＰ１揮手收掉職業表上的紅框，繼續說：「若是不知道該選哪一種，可以提出您所想要擁有的技能，我再向您推薦可行的職業。」

「技能？」眼神飄蕩了一會兒，科斯特手指靠在下唇，思考道：「治療之類的。」

「治療的話，我向您推薦四種職業，祭司類別的『祭司』、『天介者』、『藥師』，以及弓箭手的『吟遊詩人』。」

「祭司和天介者都是使用神之力的職業，主要是專職在治療、輔助攻擊。這兩種相似的職業會在二轉過後擁有不同的性質走向，因此特地分為兩種職業選擇；藥師如同字面，是使用草藥進行治療傷者的職業，也因為使用的技能與素材，需要的治療時間比天介者更長，但它卻是個全職的療癒職業；而吟遊詩人則是可以運用歌聲或是樂音來施行技能絕招，它可運用在攻擊，也能使用在減輕傷者的受傷狀態。」

「唱歌……是嗎？」

闔上眼，再次吹來的微風颳過髮絲，科斯特想起了碧琳當初的話語。

「哥哥的歌聲很好聽，如果這樣的聲音能讓所有人聽見的話不知道該有多好，真希望能在電視上看到哥哥。」

一句話，讓他拿出偷偷藏在背包裡的合約書。在路上被經紀公司的人招攬是意外，卻也是他唯一能讓碧琳有更好的治療環境的辦法。

有著細長睫毛的眼皮輕開，科斯特的嘴角漾起溫柔笑意。

「那麼就選吟遊詩人吧。」

當那個女孩用雙腳走到他面前時，他想要讓對方可以輕易認出，不管是故意加長的瀏海、保留幾撮原有的髮色或是職業，他唯一希望得到的就只有她的笑容而已。

「好的，您的職業我已經幫您註冊完畢了，當您完成新手訓練後，可以至中央城鎮進行職業就職。接下來您可以取名了。」

「取名？」

「就是你在遊戲中的名字，當然大哥哥如果想用真名下去玩也是可以。」EP2不知道從哪裡變出一隻熊布偶，邊揉邊說。

「名字……」手指勾起藍色的髮絲，科斯特思考了一下，說：「就叫『扉空』吧。」

在他說完的那一刻，耳邊傳來了一道清柔的機械女聲。

『確認，可使用。暱稱輸入完成，玩家【扉空】即將進入遊戲。』

「手鐲上三色寶石的使用方法，新手村的訓練人員會向您解說清楚；另外，新手的武器也已經放置在裝備欄裡了。那麼，祝您遊戲愉快。」

隨著EP1的話語結束，科斯特的身後也出現了一道兩人高的橢圓白光。

EP2笑著揮揮手，「那是通往冰精族所屬的降生區的入口。那麼慢走囉，大哥哥，祝你遊戲愉快。」

「……嗯。」

點點頭，科斯特轉頭看著白光區域，深吸一口氣，正準備踏進去時，EP1的聲音又再度傳了過來。

「您的眼裡雖然有著堅強，但同時也帶著迷惘；您渴望改變，希望在這個世界裡您能夠找到自己真正想要前進的道路，同時也找到真正的自己。」

科斯特訝異的回頭，但也在那一刻，EP1突然伸手將他推進白光裡，消失在視線中的是那抹包容一切的笑容。

白色光漩「啵」的一聲如水晶般碎開消失，EP2挑眉哼道：「我還以為你會告訴他那女孩留的話呢。」

「那句話，不該由我來說，應該由他自己找出來才是。」

「也對。」ＥＰ2舉起布偶，看著布偶那黑亮的眼睛，問道：「不過你有沒有覺得，他給人的感覺很熟悉？」

「像『她』吧。」

「是吶，和當初的大姐姐很像，走在迷惘裡無法突破，他想要找尋到自己本身存在的意義。」ＥＰ2露出懷念的笑容，隨後聳肩換上燦爛的表情，「今天是大姐姐來的日子，我要好好的打扮一下，接下來創角就先暫時交給你囉！」

扔下話語，ＥＰ2立刻像個耍賴的孩子跳進鏡子裡、消失在空間中，留下只能無奈笑著的ＥＰ1。

ＥＰ1將視線落回科斯特剛剛消失的地方，輕聲低喃：「找出那個人所埋藏的寶藏吧！那麼，你將會真正的意識到自己存在的意義。」

注一：NPC（Non-Player Character）：程式所寫出來的自動控制型角色，主要分布在城鎮或是村莊，功能在於給予玩家任務指令、適當的解答或是指示路徑。例如：城鎮裡重複相同的動作、頭上有著驚嘆號的角色，或是新手村的訓練員、服飾店的老闆、路上的賣花女孩。

注二：GM（Game Master）：由遊戲公司的工作人員所扮成的探察角色，看似和一般玩家無兩樣，主要工作在於幫助玩家解決遊戲上的技術性難題或是抓臭蟲（BUG）。另外，只要發現玩家做出損害他人利益的事情時，就會回報給公司做出適當的處分，以維護各個玩家的利益。

▶▶Loading...

第三伺服器

冰雪妖精，
冰晶神將會保佑你。

那是一種冰涼涼的感覺，就像是夏天泡在海水裡吃著西瓜一樣，有種沁進心底、愜意舒適的冰涼感。

帶有細長睫毛的眼皮動了動，最後睜開眼；風颳過臉頰，將頭髮吹得狂亂。

扉空眺望眼前的風景，震驚到說不出話來，那是種撼進心裡的感動。

每揚起一道風，就會夾帶起細小的雪花片，腳底被白雪環繞，四周是綿延不盡的山脈。

不自覺的張開雙手，看著六角雪花緩落在掌心還未融化，扉空抬頭望向不停飄落白雪的天空，然後笑了。

「碧琳妳看，是雪吶……」

被噪音汙染的城市、擴建的大陸、早已暖化的世界是無法看見這樣的雪白景象，即使有，也是用機器偽造出來的。他想讓碧琳看見的、碧琳所想看見的，就是這樣的美麗景象，他所站著的這地方真實得讓人想哭。

他好像開始有點了解為什麼碧琳會這麼喜歡這款遊戲了。

雖然是虛構的世界，但是卻擁有真實的溫度。

「歡迎你，吾等之新族人。」

突然從身後傳來的聲音讓扉空轉過頭。

白霧漸散，一名女子佇立在眼前。女子擁有美麗的五官，耳朵尾端戴著七彩冰晶，皮膚是種接近雪的白，但是臉頰卻透出薄透的紅潤，紅色小唇在雪白肌膚的映襯下令人炫目。

身上的冰藍比基尼讓原本就曼妙的身材看似更加誘人，腰間有著一條鑲著紅色圓石的白色硬式腰帶，帶面繡刻著如水紋般的七彩紋路；從腰帶延伸下來有著數條尖頭的大片布帶垂落至地，隨著風輕輕飄動，隱隱露出藏於布裡的白皙雙腿，赤裸的雙腳毫不畏冷的踏在冰雪之上。

金色頭髮側編辮子垂攏在左肩。女子的額頭上有著與他相同的雪花額石。

一隻如鳥般的冰藍巨獸挺立於女子身後，大鳥並沒有硬喙，而是如海豚般的圓端前嘴，額間鑲著一顆與女子腰帶上相同的紅色圓石，翅膀與毛尾皆被數條十幾尺的柔順長羽取代，在羽毛的尾端各有一道七彩圓形圖騰。

「歡迎你來到北方聖地，冰精族的部落『冰靈山』，吾為此地的長老『雪晶』，請多多指教。」

「長老？」

雪晶微微一笑，「是的，這座冰靈山一直以來就是冰精族的降生地。冰精族的降生率極低，是極為珍貴的稀有種族，而吾所擔任的職責便是教導初降生的冰精族，引導他們學習知識及技能，直到能夠獨立生活為止。」

扉空愣愣的點頭。簡單來說，長老就是像老師之類的角色。所以他必須在這裡學習知識和技能就是了？這樣看來，線上遊戲的模式其實跟讀書上學差不多嘛！

「那麼現在請你到狩獵場取得一百個『冰囧菇』的傘蓋來交給吾，吾將會頒發畢業證書給你，只要拿著畢業證書，你就能到人族之地『艾爾利帕安』的中央城鎮進行轉職，獲得你的職業名稱。」

雪晶說完後，身後的大鳥突然眨眨雙眼，慵懶的趴在地上，嘴巴微張。本以為只是個小口，沒想到鳥嘴卻是越張越大，在扉空錯愕的神情下，撐張到一個大約有五人高度的洞口。

「來，狩獵場請從這裡進入，祝你打怪順利。」

旁邊的女子漾著笑，大鳥的嘴巴發出光，扉空則是頭有些暈，嘴角如跳針般的扯動著。

等等，現在是怎麼回事？是要他進到這隻鳥的嘴裡？

狩獵場在嘴裡？要他進去鳥的肚子裡打怪？

「等、等等，妳要我進去這隻……的肚子裡？」

「是的，因為冰精族是極為脆弱的種族，為了避免從這裡到狩獵場的路途中遇到猛獸殺害初心者的情況發生，因此吾特地將小風的空間轉移能力使用在這上頭。請放心，從小風的嘴巴進去會直達訓練場，絕對不會被消化系統吞噬。」

雪晶說得坦然正常，但第一次接觸遊戲的扉空卻是無法理解這種不符合實情的概念，死也不肯進去，直到雪晶的笑容漸漸靠近，終於近在面前時，他才突然發現，這世界上最可怕的並不是混混或流氓，而是帶著笑的女人。

雙腳突然一個浮空——被雪晶拎起甩出的扉空，整個人以可怕的飛空狀態直接朝著巨大鳥嘴的方向撞去。

「唔哇啊啊啊啊啊——」尖叫聲隨著大鳥的吞嚥而被掩沒。

雪晶拍拍剛才把人扔飛的雙手，「呦」一聲，毫無形象的盤坐在雪地上，右手掏啊掏的掏出一罐啤酒，啪一聲打開，悠閒的喝著。

「現在就等囉……糟糕！吾好像忘記教他該怎麼使用裝備欄和武器了……」

訝異之後是吐吐舌頭，雪晶伸出手，而大鳥則是將頭蹭到她的掌心下。

「算了，等他掛掉回來後再說明應該也沒差啦！」

點頭附和自己不負責任的想法，雪晶笑著對天空乾杯，靠在大鳥身上開始笑嘻嘻的灌酒，完全沒想過自己的作為會害扉空不到一分鐘就被打出來，平白死一次。

▲▲▲◎▼▼▼

「噗哇！」

身體筆直往前飛，最後扉空直接臉朝地撲倒。

「噗！呸、呸呸！」吐出嘴裡吃到的白雪，扉空在心裡開始暗罵剛剛把他當球扔的女子。

等等，雪……？

眼睛眨呀眨的，眼前沒有可怕的臟器黏液，只有一片雪白，旁邊還一區一區種植著好幾棵不同品種的針葉類植物。雖然知道是區域轉移之類的，但是從大鳥的嘴巴進去來到這地方，還是讓扉空心裡產生了一些疙瘩。

「噠、噠……」

「咦？」

扉空抬起頭，只見一顆三顆頭大、長著短短角錐手和圓腳，有著紫色傘蓋的蘑菇站在面前。蘑菇的眼睛像是鉛筆凌亂畫圈的黑白空洞，看起來有種女生會喜歡的可愛呆呆感。

「囧囧？」蘑菇偏頭，發出意味不明的叫聲。

扉空眨了眨眼，和蘑菇對看了幾秒，然後……

「囧囧？」

疑惑的問聲本是單純，卻沒想到就在那一瞬間，蘑菇呆滯的表情瞬間變成火爆的凶臉，右腳一蹬跳上天，在空中轉了三圈，隨後頭朝地飛下。

扉空幾乎忘記自己應該要逃跑，只能錯愕的看著傘頭就這樣筆直的朝自己飛來。

「碰！」

整顆頭陷進雪裡三尺，玩家扉空進場不到一分鐘就以奇醜的姿態邁向掛點的最高境界，從狩獵場退出。

肺部彷彿被重物壓著般的喘不過氣，四肢關節傳來如散骨般的痛，終於在幾秒過後，痛楚開始逐漸消散，而冰涼的空氣也在那一瞬間灌進口鼻。

到底……

用力咳了幾聲順暢呼吸，將頭從雪裡拔出，扉空甩甩頭，呸了呸。

「哇塞，這次的也死得太快了吧！？」

前方傳來雪晶的聲音。

扉空抬起頭，立刻看見女子以不符合形象的開腳姿勢蹲在自己面前，一手靠垂在膝上抓著一瓶綠色啤酒罐，一手則是托著下巴挑眉的看著他。

視線順著白皙的大腿向前……趕緊撇開眼，扉空的臉頰映上潮紅。

「咦咦?怎了?」看著慌張爬起掩著臉的少年，雪晶眨眨眼，明瞭的「喔」一聲，揚起壞笑，起身戳戳扉空的手臂，「純情的孩子，不錯不錯!」

「妳在說……!?」

肩膀被猛然一抓，雪晶整隻手繞過扉空的後頸搭上另一邊的肩膀，手指開始像是在玩樂般的戳著扉空的臉頰。

「哎呀~哎呀~沒想到這次的孩子這麼可愛!吾忘記向你介紹裝備確實是姐姐不對，那麼吾現在用最快方式跟你介紹在這款遊戲裡的生存密技。」

「生存密技?」

「是啊，聽好囉!」

雪晶輕咳一聲，晶亮的紅眼眨了眨，指著扉空手上的銀白手鐲，解釋道:「上面有藍、綠、紅三顆寶石對吧?當你觸碰它的時候，會出現操作的虛擬面板。藍色寶石代表的是系統資訊，只要你對這個世界有任何問題、想叫出地圖、查看任務，就可以觸碰它;綠色寶石代表的是你自身的資訊，包括叫出裝備欄查看物品、金錢或是進行技能加點，都可以從這裡進行操作;最後紅色的是通訊系統，當你在這世界遇到技術上的問題、想和朋友聯絡或是查看隊員的資訊，就是觸碰它來進行查看或諮詢。」

「當然，在這個世界行走時，如果遇到敵人還需要叫出裝備欄來挑選武器是很不方便的，所以你只要喊出物品的名稱就可以直接將它叫出裝備欄了。那麼準備好了嗎？」

「什麼？」

「當然是進去狩獵場囉！」

還沒消化完雪晶的笑意，扉空再次雙腳騰空，視線瞬間轉了一百八十度面向已經張開的巨大鳥嘴。

「記得呦，冰囧菇的傘蓋一百個，蒐集到了就趕快拿來給吾換畢業證書。」

「等、等等等等等——哇啊————」

嘿呦一聲，扉空再次以筆直的飛翔狀態衝進鳥嘴裡，而雪晶則是再度拍拍自己剛才扔人的手，撿起地上的啤酒罐晃了晃，嘻嘻笑著昂頭灌了一口。

「哇呀——好喝！」

「夠了，這到底是什麼世界……」

被二度扔進鳥嘴直達狩獵場的扉空不禁悲慘的碎唸著，他只是想體驗遊戲、實現碧琳的願望而已，為什麼得被一個可怕的大力女二度扔進鳥胃裡？好吧，這是空間轉移不是直達臟器……但這有什麼不一樣！還不是從嘴進來、還不是被那隻大鳥吞下！說不定最後還會被當成排泄物突然噴出這狩獵場！

想想這場景，扉空本無表情的面孔也開始產生微妙的扭曲。

不是說玩遊戲嘛，為什麼會變成他被遊戲玩啊……

「囧囧？」

抬起頭，扉空眨眨眼與眼前偏著頭的冰囧菇相對望，嘴角扯了扯，「我才囧吧……」

關鍵字眼再度讓冰囧菇爆走，只見矮小的身影再度翻躍上空，紫色大傘就這麼垂直而下——

碰嘩！

紫傘落空直接撞進雪堆裡，冰囧菇倒插在上頭，短手短腳慌張晃動，而及時爬開逃過一劫的扉空則是臉朝旁鬆了一口氣。

「好險……」還好他及時跳開，不然要是再被壓死一次，他就得三度被那個大力女扔進鳥嘴，這種心理障礙可不是好受的。

「不過現在要做什麼？她好像說要蒐集一百個冰囧菇的傘蓋來交換畢業證書，但……要怎麼蒐集？」眼睛直直盯著前方倒插在雪裡手腳掙扎著的大蘑菇，扉空托著下巴沉默的思考著。

「對了，她剛剛好像說過有裝備欄、武器什麼的，要叫出裝備欄是嗎？」

「呔呔——」

因為倒插著，就連叫聲也換成像是幼貓嚶叫，聲音聽起來有些尖銳，但是這並不能喚醒扉空的同情心，畢竟他不是喜歡可愛物品的女生，而且剛剛也見識過這傢伙的可怕樣貌，所以在扉空眼裡，這蘑菇是絕對不能同情的。

可扉空卻沒想到，狩獵場顧名思義就是裡面有獵物的地方，當然，獵物也不會只有一隻。在他正準備開始研究手環怎麼叫出裝備欄時，熟悉的「囧囧」聲再次傳來。

扉空將視線移往前方倒插著的冰囧菇身上，可憐的喊叫依然在，但也多了好幾聲「囧囧」的叫聲。一隻、兩隻……有著紫色傘蓋的蘑菇從一旁的雪堆裡晃出頭。

「囧囧！」

「囧囧？」

扉空頓時無言的望了天空一眼。

「啊……天空真藍……」

嘆息完，再與眼前的空洞白眼對看一眼，扉空瞬間爬起拔腿就跑。

一大群冰囧菇瞬間從倒插著的夥伴身後蹦出，開始朝著扉空的屁股追去，看起來就像是在追著食物不放的螞蟻群，可怕的陣仗連上帝都要迴避三尺了。

「啊——到底在搞什麼啊！為什麼我得被一群長著眼睛的奇怪蘑菇追著跑啊！」

「囧囧！囧囧！」

從東跑到西，再從西跑到東，扉空幾乎快把整座狩獵場都繞過了，眼見冰囧菇離自己越來越近，突然腳邊一拐——

「哇啊！」

扉空直接面朝地的撲倒，身後的冰囧菇群瞬間暴動而上，將趴倒在地的扉空一絲空隙不留的掩埋了。

「喔！？又出來了耶！」

待重生的痛楚消失後，扉空啪的蹦起，甩甩昏沉的腦袋。雖是一臉冰冷，但仔細一看便可發現他金色的眼瞳滿是憤恨。

「需要幫忙嗎？」雪晶滿臉笑意的伸出雙手，蓄勢待發。

「不，不用了。」恨恨的說完，扉空直接走向大開的鳥嘴前，深吸一口氣，然後暴怒的喊了一聲意義不明的吼叫，隨即衝進光芒裡。

「上進的孩子，不錯不錯！要是打不過就叫出武器啊！」

雪晶喊完的同時，大鳥再次吞噬。而這次，扉空終於看清楚所謂的區域傳送的型態，光芒星辰在身體周圍飛竄。

「囧囧！囧囧！囧囧——」

暴衝而來的冰囧菇完全不給人喘息的機會，直接將剛出現踏在雪地上的身影瞬間撞飛。

扉空摔倒在地，然後……再度開始逃跑！

「夠了！到底是要怎樣啊——」

死命的往前衝，扉空開始出現自己可能會在這裡混上一輩子的想法。

他到底要怎麼樣才能甩開這堆死香菇？

扉空煩躁的抓抓頭，雪晶的解說突然在腦海響起。

對了！他記得那個女人說過裝備欄裡面好像有什麼東西可以拿，那個裝備欄是在……

扉空手指劃過藍色寶石，眼前瞬間出現一塊透明藍的虛擬螢幕，螢幕上有著關於遊戲的解說、地圖、以及一堆官方訊息。

發現自己好像碰錯寶石的扉空想消除面板，但一心無法二用，況且第一次使用遊戲設備的他根本就沒摸過這類東西，慌亂的手指開始亂碰，結果越碰視窗跑出來越多，卻沒一個像是裝備欄的東西。

彎腰閃過飛踢而來的兩、三隻冰囧菇，扉空東按西點後終於把原本的視窗消掉，重新點上綠色寶石，裝備欄的出現讓他幾乎感動得想哭，因此連上頭的東西都沒看清楚就直接伸出手指往前戳——

「啪咻！」

一枚物品擠出螢幕落在扉空的雙手上。他眨眨眼，原本已露出勝利笑容的表情瞬間全黑。

夠了！這款遊戲到底是想要他怎麼樣——

手指幾乎有種想把捧著的東西直接折斷的衝動。

突然，前方出現了不知從哪繞來的三隻冰囧菇，逼得扉空不得不緊急剎車，而後方追著的冰囧菇群也瞬間停止腳步。

百眼對望。

扉空瞇起眼，菇群也瞇起眼。

冷風颳起白雪，四周環繞著肅殺之意。雙方靜默了將近十秒，扉空腳步往後一退，前後夾攻的菇群也在那一瞬間彈跳衝上前！

「This is Sparta!」

冰囧菇拋棄原本的叫聲，瞬間爆出這句作古百年的用詞。

一時慌張的扉空瞪大眼，眼見團團黑影逐漸靠近，他雙手一抓，黑色的長版物體狠狠揮下。

「This is Africa!」

他低吼著。物體「碰」的一聲將一隻冰囧菇打飛。

隨著撞擊的聲音傳出，混亂的打鬥也拉開序幕。顧不得自己手上拿著的是什麼物體，扉空只管拚命狠揮，物體刮過發出節奏性的音效，直到最後一聲撞響消失，剛剛完全閉著的眼睛才緩慢睜開……

四周全是東倒西歪的空洞蘑菇，還有幾隻倒插在雪堆裡。

扉空視線往下落在自己手上的物體，挑眉，瞬間爆出勝利燦笑，並翻轉著手上黑色的實體鍵盤，「防狼噴霧根本比不上，我早該考慮去古董店買一個來防身的！」

插在雪上的冰囧菇一隻隻消失，遺留遍地的傘蓋和幾枚金幣。

『系統提示：恭喜玩家【扉空】等級提升！』

耳邊突然傳來的機械女聲讓扉空愣了一愣。

好像等級的資訊要從綠色寶石去察看。觸碰寶石打開虛擬視窗，扉空看見裝備欄旁邊延伸出的框欄寫著一些文字和數字。

暱稱：扉空
性別：男
等級：LV.3
HP：85／85
MP：120／120
出生地：冰靈山
種族：冰精族
職業：初心者
聲望：0
公會：無
智力：13

幸運：12

敏捷：17

體力：17

魅力：30

迴避率：14%

可加增點數：10

在智力、幸運、敏捷、體力的數字後方有著「↑」的符號，扉空的手指下意識的去點，只見隨著戳著的次數，「可加增點數」欄位的數字跟著依序減少，直到變成「0」後，數字後頭的「↑」符號也變成灰色狀態無法再點擊，反倒「↓」符號變亮可以進行點擊，每點一次，「可加增點數」又從「0」開始增加。

扉空推測出來這大概是加點系統，可以隨意安排點數來增加本身的一些素質，大概也牽扯到職業的便利性吧。

智力是聰明度嗎？幸運可能是好運之類的，敏捷大概是閃躲，體力的話應該是施力或是支撐度吧……

因為不知道自己應該增加哪些數值，所以扉空選擇最穩當的方式，每個項目平均增加，最後多出的兩點則是隨便找順眼的兩個項目戳下去。

等點數加總完成，角色資料也立即做了更新。

暱稱：扉空
性別：男
等級：LV. 3
HP：86／86
MP：122／122
出生地：冰靈山
種族：冰精族
職業：初心者
聲望：0

公會：無

智力：15

幸運：15

敏捷：20

體力：19

魅力：30

迴避率：17%

可加增點數：0

關掉視窗，扉空感覺腳步好像輕了許多，握了握手，比剛剛更有活力，然後視線也跟著移到地上的傘蓋。

他彎腰撿傘蓋，腦海剛揚起該收哪去的疑問時，手上的物品瞬間消失。經過一連串的活動後，扉空大概掌握線上遊戲的模式了，再度打開裝備欄，果真看見剛剛還捧在手裡的蘑菇傘變成立體圖案塞在第一個正方形小框裡，圖案下方還寫個數字「01」。

這就是所謂的蒐集吧，所以只要撿到一百個就可以跟那個女的換畢業證書，就可以離開這個鬼地方了？

「囧囧？」

熟悉的聲音再次傳來，扉空看著從樹幹後方探出的呆愣偏頭的冰囧菇，掂了掂手上的鍵盤，緩緩的露出燦笑。

「囧囧！」

▲▲▲◎▼▼▼

「喔，又被打出來了？」雪晶將手上的空罐隨意一扔，看著以趴姿出現在眼前的身影，隨手變出另一罐啤酒打開、喝了一口，蹲下，空出手指戳了戳埋在雪堆的頭。

「唔！」扉空甩甩頭，用力抹掉臉上的冰雪，混沌的視線落在雪晶的臉上，眨了眨，等到好不容易聚焦後便立刻打開裝備欄扔出一座紫色的傘蓋山。

「喔！不錯嘛，這麼快就完成任務了。不過為什麼你又被打死了？」

「因為只有這樣才能回到這裡。」

拜不斷湧現的冰囧菇所賜，當他終於完成目標、能離開訓練場時，他突然發現自己根本不知道要去哪裡找回歸的路，唯一能想到的就是靠「死亡」來回到雪晶所在的地方。

但也因為等級上升到十等了，就連故意讓怪物打死都變得越來越難，逼得他最後不得不乾脆直接躺倒在雪地上，拚命大喊「囧囧」這關鍵字眼來讓冰囧菇瘋狂壓擊他。若不是雪晶沒告訴他回來的路，都已經拿到一百個傘蓋、可以不用再繼續打怪的他根本不用像個神經病一樣，得靠蘑菇來自殘才能回來。

扉空鄙視的視線讓雪晶頓時翻了個眼，邊吹著口哨望向天。隨後她方向一轉，再次搭上扉空的肩膀，笑道：「哎呀，沒關係啦！雖然是吾忘記告訴你回來的路線，但是回來就好、回來就好，哈哈哈哈哈……」

扉空扯扯嘴角，「反正死的又不是妳。」

「愛計較是不會有女人喜歡的呦～」

雪晶撐著膝蓋站起，一彈指，身旁的傘蓋山立刻變成好幾片雪花凝聚在她的掌心中央，幻化成一張印著漂亮銀色花邊的白紙。

「來吧，畢業證書給有趣的小娃兒。雖不捨，不過吾還是恭喜你能離開這裡獨立生活了。」

雪晶的表情不如剛剛風趣，而是像長輩那般的柔和，有些冰冷的手掌放上扉空的頭，輕拍了兩下，像是在囑咐般的叮嚀：「冰精族是很脆弱的種族，外頭的世界不如這裡有吾的保護來得安全；要小心接近熱源，畢竟是冰雪妖精，還是適合待在冷的地方好；要是覺得頭昏中暑的話，可以泡泡冷水，會好很多……」

彎下腰，七彩的雪花靠上扉空的額片，雪晶的聲音宛如母親，也有著些許的落寞，「好孩子，別忘了你的家，別忘了吾……」

如同低求的話語讓扉空一瞬呆了神，額頭靠著的地方有些發熱，他幾乎可以聞到雪晶身上的淡淡香味，那是一種帶著冰冷的晨香，但是並不會覺得不舒服，反而讓他覺得沉溺。

「冰晶神將會保佑你，為身為冰精一族感到驕傲吧！」

在雪晶的額頭離開時，頭上的雪花額片也從發熱退為冰冷，扉空伸手摸了摸，雖然形狀沒什麼變化，但是感覺上卻好像有了不同。

耳邊繼續傳來雪晶的溫和語調，一字一句讓扉空的心跟著撼動，望進眼簾的是如同雪般的單純笑意。

「孩子，或許旅途上可能會有不順遂的時候，但請記得，風不會永遠逆颳，總會有順風的到來。若是失意的話，就找尋冰雪吧，冰將會帶給你指引……」

攤開的掌心飛出數片金色雪花，雪晶拉起扉空的手，將畢業證書放置在他的掌心上，指著前方不知何時出現的物體，繼續說：「要離開冰靈山必須走上十天的路程，身為冰精族長老的吾有義務確保你在冰靈山範圍內的安全，因此，為了避免你在路上遭遇到雪獸突襲，所以吾特地安排了可以讓你以最快速度安全離開的交通工具。」

扉空順勢望去，嘴抽著問：「妳是說……那個滑雪板？」

那是一塊紅色的滑雪板，上頭似乎還很有個性的用金色噴漆噴寫著「夜露死苦」一詞。

「這可不是普通的滑雪板，這是由吾和冰晶神一起鍛鑄而成，人稱『霹靂無敵超級迅速滑雪板』，它的速度可不是普通的滑雪板比得上的！」

——那不就一樣是滑雪板！

看雪晶說得一臉驕傲，扉空卻是心中爆出怒吼，但三秒後就後悔了，因為就算是吐槽，他也應該把握時間逃跑才是，畢竟眼前的這女人說到底還是……

「好了，那麼就讓吾來送好孩子一程吧！」

身體再次騰空，這次扉空是整個身子被高高舉起。

「等、等一下！」

可惜抗議傳不進興奮的雪晶耳裡，嘿呦一聲，她便將扉空扔到寬一尺半的紅色滑雪板上。

「時間可不能浪費，來，乖乖趴好，繫好安全帶……喔，忘了滑雪板沒有安全帶，那你自己抓好板子，小心不要被甩出去了。準備——出發囉！」

雪晶腳一踹，夾雜著扉空淒慘的鬼叫，滑雪板瞬間以子彈都比不上的速度噴射出去，就像後方裝了五枚火箭一樣，可怕的速度讓扉空瞬間飆淚了。

「那麼，路上小心，記得有空要回來看看吾呦——」

「……我死都不要再回來了！」

▶▶Loading...

第四伺服器

輕佻，卻也帶著暖意的男人。

Create Dream Online

「科斯特，怎麼了？昨晚沒睡好？」

石川看著坐在副駕駛座上一臉像是剛經歷大戰般癱著的科斯特，好奇的問著。

「啊，是差點被某個女人謀殺了。」恨恨的吐出話語，科斯特眼帶鄙視。

真是夠了，居然直接把他扔到滑雪板上一腳踢下山！

沒錯，速度確實是快到連預備做撈魚行動的雪怪都抓不到，但卻是粗俗又低劣的交通方法！連個安全氣囊、安全帶、安全繩都沒有，也沒跟他說滑雪板到達山腳時會瞬間鎖在終點的大岩石上，結果讓心理準備都沒有的他就這麼被甩了出去，撲倒滑行了百公尺遠，還刷起一堆綠色青草，摔得他鼻青臉腫頭昏眼花，還暈倒好一陣子。

還好周遭沒人，不然真的是丟臉丟到家了！

最後是耳邊傳來門鈴響聲才讓他發現外頭應該天亮了，才趕緊找下線鈕下線。當然，又是找了好一陣。

「被謀殺？」石川瞪大眼，握著方向盤的手順勢一轉，車子往對向車道而去。

突如其來的激烈晃動讓科斯特喊了聲，趕緊伸手抓住方向盤轉回原車道，而發現自己差點闖大禍的石川則是連忙穩住方向盤，打了方向燈、停靠在路邊。

車上兩人驚魂未定的大口喘氣。

石川嚥了嚥口水，慌張的對著正放下車窗拚命吸氣的科斯特問：「昨天有小偷進到房裡嗎？傷到哪了？我馬上叫公司把監視器調出來看，大樓的警備也要加強才行！真是的，居然讓小偷這樣輕易的進來，我看今天你先到我家休息好了，工作我幫你往後延……」

「等、等一下，不是小偷……」

「那就是強盜囉！不行，太危險了，我看還是先叫公司緊急處理這件事情，看來要多叫幾名警衛定時巡邏。」

石川拿起手機才剛撥出號碼，馬上被科斯特一把抓下掛掉了。

「也不是強盜啦……」

石川一愣，看著緩慢退還手機的科斯特。

「不是強盜？」

「不是，昨天我睡得很好，也沒有強盜、小偷、殺人犯之類的進來。」科斯特壓了壓帽簷，似乎想擋住自己有些困窘的表情。

「其實是……我昨天不是買了一款遊戲嘛……」

石川眨眨眼，無言的望向前方，而科斯特則是像個做錯事情的孩子一樣垂下頭，扯著嘴角尷尬的說著：「就是……在進行遊戲時裡面發生了一些狀況，是有點胡來的情況……」

「啊，《創世記典》。我知道，裡面確實是很胡來。」

「咦？」

「呃……不，沒有，我聽朋友說的，聽說裡面什麼亂七八糟的東西都有，GM不像GM，NPC不像NPC……不過就是因為不符合常理，所以玩起來反而更有趣。」像是在掩飾什麼，石川趕緊重新把車子駛回車道上，繼續往經紀公司的方向前進。

科斯特並沒有發現石川的異樣，只是將視線重新放回前方飄移的風景中。

「……碧琳說她在裡面藏了一個寶物，希望我能找出來。」

打破沉默的話語讓石川一愣，隨後他眼神放柔了些，「那就去找吧。藝人的睡夢時間我們可管不著，事實上你也確實該多開拓點人際關係，或許那款遊戲可以幫你交到許多朋友，這樣我也會輕鬆點，不會看你總板著一張臉。」

「我哪有！」

「不錯嘛，一晚就多了新表情了。」

石川哈哈的笑了，而科斯特則先是一愣，隨後撇開臉，再度將視線放在窗外的風景上，然後嘴角淺淺的上揚了。

也許就如石川說的，那款遊戲雖然是胡來了點，玩家本來是該玩遊戲，沒想到卻被遊戲裡面的人玩，但老實說，這樣的感覺其實沒什麼不好，至少是真的讓他覺得新奇、特別。雖然被那女人扔東扔西、最後又被踹下山，但是兩人分別時，雪晶露出的溫柔表情卻讓他一瞬間有那麼一點懷念。

與那個曾經包圍著他和碧琳、幾乎可以驅散寒冬的暖意，竟是如此的相似。

▲▲▲◎▼▼▼

白色轎車駛進大樓的地下停車場，車子停妥後，石川和科斯特分別打開車門下車。石川按下鑰匙上的鎖車鈕上了車鎖後，兩人一起搭上前往十二樓的電梯。

看見從電梯內走出的人影後，一名原本坐在沙發上的少女立刻放下手上的小狗瓷杯，笑臉迎上，「早安～科斯特！」

「早安，薇薇安小姐。」石川做了禮貌性的回應，但科斯特卻是拉下帽簷、將頭撇向旁邊的窗景。

十六歲的薇薇安與科斯特同樣隸屬於菲爾特經紀公司，是菲爾特著重的藝人之一，但不同的是，科斯特是半路出家的歌手，而薇薇安卻是從五歲就開始接觸演藝圈，在演戲上擁有別人比不過的特質，她只要拿到劇本，不管是何種角色絕對都能勝任且出神入化，聲音、語調也會跟著融入角色的世界裡，她所演過的電影沒有一部是不受歡迎的。

薇薇安並沒有因為科斯特的態度而感到生氣，反而趕緊跑到旁邊的茶水櫃泡了一杯蜜絲茶，用著更燦爛的笑容遞上。

「科斯特，從宿舍公寓到這邊也有段距離，渴了吧?在會議開始前先喝杯茶吧！」

「……不用了，我不渴。」

薇薇安秀麗的眉毛垂了一個弧度，本來晶亮的雙眼變得有些喪氣。

見到氣氛突然僵住的石川趕緊接過薇薇安手中的杯子，笑著打圓場說：「不好意思，薇薇安小姐，科斯特他沒惡意，只是早餐喝了過多的牛奶，身體不太舒服，不介意的話這杯就給我吧，畢竟開車開了一段路程口有點渴，可以嗎？」

「咦……喔，當、當然。」薇薇安再度綻開笑顏，將杯子遞給石川後，偏頭望向科斯特，關心的詢問：「科斯特肚子不舒服嗎？要不要我叫陵金去買罐『舒胃適』回來？我上次不小心吃太多蛋糕，肚子也不舒服，吃一顆就好很多了。」

「誰牛奶喝太多了……」

他正要反駁，卻被石川搶先一步擋下。

「也不是太嚴重的症狀，小小的不舒服罷了，等等休息一下就可以了。」微微一笑，石川繼續說：「薇薇安小姐，妳也知道科斯特一個不順就會擺臭臉，千萬不要放在心上喔。」

「誰擺臭臉！明明就是……」

一雙手瞬間捂住他的嘴，未完的話語再度被強迫吞下。科斯特扔出好幾枚白眼掙扎著，但薇薇安似乎沒感受到那股異樣的氣氛，只當成科斯特真的很不舒服，露出體諒的笑容。

「嗯，我不會的，畢竟科斯特在不舒服呀，我不舒服的時候也是會鬧脾氣，所以我知道。那科斯特你先好好休息一下，不然等一下開會時會很難集中精神。」

「謝謝薇薇安小姐的關心，不過我記得今天並沒有開會的行程，剛剛妳一直提到的會議是指……」

──嘖！都說了他不是喝了過多的牛奶！石川你這混帳！

「喔！那是剛剛才決定的，本來要打電話通知，結果警衛恰好告知你們已經到公司了，所以就想說等你們上來直接講就可以了。」

「那會議內容是……？」

「啊，是優游的導演啦！因為昨天我剛好在拍《夢夏》，所以沒有出席會議，好像是導演說沒看到我很可惜，剛好我下午要到附近開會，所以就趁著上午時間繞過來看看。」

「優游的……導演？」石川轉頭看了科斯特一眼，而科斯特眼中明顯出現厭惡的情緒。

打掉石川的手，科斯特極度不耐，右腳已經準備踏往電梯口了。

看來昨天的情緒還沒消除啊！這下子再見面要叫科斯特接受工作大概不太可能了……不，就連今天的會議能不能平安落幕都不知道了。石川苦笑的想。

「是啊，現在大家都在會議室裡做準備，應該差不多要開始了……」

「薇薇安，原來妳在這裡。」

一名身穿紅色套裝、綁著低馬尾的黑髮女子踏著高跟鞋來到薇薇安身旁，不管是身材或長相都帶著成熟的氣質。她是江陵金，同時也是薇薇安的專屬經紀人。

江陵金對著石川點頭微笑，而石川也回以笑容。

「早安，石川、科斯特先生。」

「早安，陵金。」

「陵金，科斯特他早上喝太多牛奶，胃有點不舒服，妳那邊還有藥可以給他嗎？」薇薇安睜著紫色的瞳孔詢問。

「有的，我現在馬上去拿，請稍等一下。」

說完，江陵金正準備走往休息室，卻被科斯特出聲阻止了。

「不用麻煩了，我沒事。」

科斯特突然的話語讓薇薇安難得的皺起眉，「科斯特，不能勉強喔，要是不舒服就不要忍著，對身體不好的……」

「不，我真的沒事。」平淡的說完，科斯特轉頭望向石川吐出另一句話：「我想昨天見過面了，今天應該可以免出席吧？況且新歌的製作也得跟香川討論，我先去製作室……」

他話還沒說完，馬上被從右方走廊走來的男子打斷了。

「科斯特、薇薇安，BOSS請你們到R2會議室去。」

「好，我們馬上過去。」薇薇安對著男子點頭應完話後轉向科斯特，然後她愣住了，因為科斯特臉色明顯極度不好，雙手緊握成拳頭，甚至還有些發抖。

「怎麼了，身體很不舒服嗎？」

不，是逃跑計畫被堵了，所以正在擬定下一步的殺人計畫吧。石川嘆息的推推鏡框。

「薇薇安，我們先進去吧。」

聽見江陵金的催促，薇薇安慌忙回應：「咦、好……那科斯特，我先進去會議室了，你若是真的很不舒服，還是跟 BOSS 說一聲去休息比較好喔。」

關心的話語並沒有得到對方的回應，但薇薇安還是扯出笑容看了科斯特一眼，隨後轉身跟上江陵金的腳步。

石川嘆氣，看著走進走廊彎處的背影，拍拍科斯特的肩膀。

「現在 BOSS 都下令了，你就先忍耐點吧。不管怎麼樣，還是先讓會議和平落幕，畢竟說到底你還是菲爾特的科斯特。」

是啊，說到底因為掛著這招牌，所以要是他不出席就等於是掃了對方的面子，到時可能會惹出許多不必要的麻煩。不管怎麼樣，他總不能給石川惹麻煩，而這也是為了碧琳。

「……我知道了。」科斯特還是妥協了，即使無奈、不願意，但最後也只能拉低帽簷走向會議室所在的方向。

石川苦笑著跟上科斯特的腳步，提出了長久以來的疑問：「你好像很不喜歡薇薇安，每次都是用這副愛理不理的態度在面對她，再怎麼說她也是個女孩，這樣不太好。」

「……不，是我不習慣陽光。」

「咦？」

科斯特斂了眼。沒錯，那女孩過於燦爛的笑容、毫無心機的樣子會讓他不自覺的想遠離，如同過於明亮的陽光會讓他覺得刺眼。

擁有與碧琳相同笑容的女孩，為什麼一個能跑能跳、能追逐自己的夢想，另一個卻只能靠著別人才能離開那間充滿藥水味的病房？但是不管他如何吶喊、如何詢問，卻始終沒有人能夠回答他——即使是人們所崇拜信仰的「神」，也沒有給他一個答案。

所以，他無法發自內心的對待她好。

況且，每每看到那抹笑容，他就會不由自主的想到孤單待在病房的碧琳，想起這個社會的不公平。

「BOSS、夜導演。」石川對著早已坐定在會議室裡的兩名男子點頭致意，然後在科斯特走進會議室的時候順手帶上門。

「科斯特你來啦！快點坐下吧，因為昨天薇薇安沒有出席，所以夜導演今天特別繞過來這裡，想向你和薇薇安一起說明這一次的合作事項。」

坐在對面第一位的，是穿著一身隨性西裝的褐髮男子，同時也是這間菲爾特經紀公司的老闆——里斯．塔姆。他笑著招招手，順便將桌面的茶水遞了一杯到剛坐定的薇薇安面前。

「謝謝BOSS。」薇薇安笑著接過杯子，喝了一口。

嗯嗯，真是個可愛的孩子！里斯不禁漾起幸福的笑容，接著視線瞟向還站在門口不為所動的科斯特，開口問：「科斯特，怎麼了嗎？」

「科斯特。」石川小聲提醒。

科斯特抬起眼，恰巧與對面的男人對上眼。

對方的五官很深邃，頭髮是如同漆黑的夜，下巴有些特意留的鬍渣，但也因為這樣讓男人看起來更添了一點成熟的男性魅力，身上的衣服則以襯衫和牛仔褲這等輕便型且不失禮的打扮為主；而與髮色相同的黑眼就這樣直盯著他，緩緩的，嘴角上揚了一個弧度。

——他勒毛的！

落雷瞬間劈在科斯特頭頂，全身像是有蟲子爬過般讓他覺得發癢，腦海開始搜尋等一下可當成武器的物品。為什麼他得被一個男人用看女人的目光盯著？

「科斯特。」

石川再次壓低聲音喊了一聲，而科斯特終於收回找尋凶器的視線，刻意拉低帽簷避開夜景項的目光，並挑了薇薇安隔壁兩、三個距離的空位坐下。知道科斯特舉動涵義的石川也只能挑著他與薇薇安相隔的空位坐下，希望可以幫忙擋下一些那快令科斯特抓狂的目光。

這舉動又讓薇薇安以為科斯特是身體很不舒服、想找個遠一點的位置好休息，也不會因為這樣而在會議中顯得不禮貌……科斯特果然很為大家著想呢！

夜景項沒多說什麼，只是加深笑容。

在秘書發下資料後，夜景項開始一一詳細解說這次的合作事項，包括這齣戲劇的選角、劇本、團隊、拍攝方式和地點等等，精細的程度不亞於百科全書機器人。

因為對方三不五時瞟來的目光，所以科斯特根本無心在會議上，整場下來聽進去的也沒多少，直到里斯起身和夜景項握了握手，說了句「今天很感謝夜導演您來，那簽訂合約的日期等秘書排定後我再通知您」後，科斯特緊繃的神經才舒緩下來，用著「想去泡蜜絲茶」為藉口，沒好臉色的離開會議室。

石川本來也想跟上，但卻被里斯用「細談合約內容」叫住了。

嘆了一口氣，石川重新露出專業性的微笑面對里斯，「是的，BOSS。」

優游——一家背景雄厚的戲劇公司，從成立到現在已有十多年，拍過的電影多不勝數，且都同時擁有位居第一的票房，只要一推出，絕對沒有不受歡迎的。而這家公司最特別的除了題材總是走在時代的最前端，更擁有實力堅強的優秀團隊，不管是導演、編劇、攝影、剪接、行銷手法，合作之下出來的成品絕對是其他公司無法比擬的。也因為如此，優游打下了一片無法動搖的根基。

夜景項從自資拍攝出身進而被挖掘加入優游是一年前的事情了。這位新導演一反傳統的操作手法，改採素人演員；在夜景項的電影裡絕對看不見資深演員，來的都是不知道從哪裡抓來的小咖，但就因為是素人，未經過加工反而多了一種現今社會所缺乏的純樸感。

不只如此，這些演員雖然是素人，但被挖掘之後意外的竟都擁有足以媲美資深演員的演技及特質。每個人都不同，就像未經雕塑的原石，打開之後才發現裡面竟是璀璨光芒，集合在一起更是讓人幾乎無法移開眼。

也因為這一年來夜景項導過的三部電影無一不紅，所以許多經紀公司都會將自己想捧的新藝人能推則推的送到夜大導演面前，即使只是入演一小角也好。但夜景項卻從來沒讓那些藝人參與演出過，反而抓了個掃廁所的歐巴桑來當演員，結果歐巴桑一炮而紅，現在轉戰演藝圈，氣死一堆經紀公司的老闆。

而這次，他打算導一部名為《月華夜》的新片，題材來源據說是某天夜大導演夢到的夢境。

——去死吧，什麼導演！他根本就是存心不良的傢伙！

腳步幾乎重到聽得見聲音，科斯特板著面孔來到大廳旁的茶水間，深吸一口氣將沸騰的情緒稍稍壓下後，打開矮櫃下方的櫃門，取出一罐銀色包裝的茶盒。

他將背包中的保溫瓶取出在水龍頭下打開沖洗著，再拿出櫃子上的茶壺。

茶盒裡裝著的是一種接近純黑色的茶葉，他舀了兩小匙放進茶壺裡，回沖兩次，再重新加進熱水等待兩分鐘。隨著壺口的傾斜，金黃的香醇液體流入保溫杯中，逐漸斟滿。

蜜絲茶，是碧琳最愛的茶類。他先泡好放在保溫杯裡，待會去看碧琳就不怕是冷掉的茶了。

不自覺的，科斯特漾起微笑。他鎖上瓶蓋，小心翼翼的將保溫杯放在角落的格位，等著準備離開公司的時候再來取回。

突然，科斯特發現某個地方不對勁，轉頭一望，竟是不知何時站在門口的夜景項。科斯特的眼神瞬間轉為警戒，而夜景項則是露出有趣的目光，踏著步伐來到他面前。

「我還以為你只會繃著一張臉，沒想到也有這麼可愛的表情。」

男子比他高出一顆頭，科斯特即使想瞪他也得抬起頭，氣勢根本降了一半。

「喔呦呦~我沒惡意，不要露出這麼可怕的眼神，我會怕的。」

夜景項舉起雙手，他的語氣不但沒讓科斯特放鬆，反而更加鎖緊了表情。

「對了，那杯是蜜絲茶對吧，我可以喝喝看嗎？」

科斯特沒有回話，只是拿起倒空的茶具低頭清洗著。

「這樣好嗎？以後可是要相處到《月華夜》拍攝完畢，現在這樣……」

「我從沒答應要演出你的電影。」

科斯特冷冷的話語讓夜景項一頓，隨後瞇起一抹笑。

「喔，這可是對你未來很有幫助的機會。」

「我不需要。」

「嗯？」夜景項露出有趣的表情，雙手插進口袋，「如果幸運的話，之後能獲得的利益絕對是你所想像不到的，你將能到達別人只能遙望你的頂端。這樣的機會可是許多人求之不得的呢！」

科斯特瞪著他，雙手緊握成拳，冷冷的說：「給我滾。」

排斥的語氣並未讓夜景項轉身離開，反而吹了一聲口哨，輕淺的低笑讓科斯特覺得有些刺耳，身子也不由自主的顫抖——那是怒意。

夜景項瞇起眼，靠到科斯特面前，繼續說著：「來到了這圈子，為的不就是一個出名的機會嗎？我不相信你從來沒想過站在舞臺頂端看著底下的觀眾時，那種滿足的成就感……」

「那種東西對我來說根本無所謂！」

那種東西他根本就不在乎，因為他會來到這裡，只是為了那唯一的人。

「是嗎？真是意外。」

夜景項似笑非笑的表情看在科斯特眼裡彷彿另一種諷刺——來到這圈子只為了那單純的原因根本是笑話。

以往那些不堪回首的記憶如同黑影一晃一晃的出現，一直保持著冷靜的理智也開始出現崩解，科斯特不自覺的加大音量反駁：「我不需要那些東西！給我滾！別來煩我！」

吼完之後科斯特才發現自己的失控，掩著嘴，咬著牙垂下頭，帽簷與瀏海蓋住他的表情。

他到底在做什麼？居然被這傢伙的話牽著跑！振作點，科斯特！

一隻寬厚的手掌搭上自己的右肩，一瞬間回過神的科斯特迎上去就是一拳將夜景項打倒在地，接著扯起對方的衣領，碧色的雙眸閃過一絲狠意。

那是帶著厭惡、憤怒、恨意與接近發狂的神情。

「……科斯特！？」

聽見巨響趕到茶水間的一行人看見的就是這幅畫面。

石川趕緊上前從後方架住科斯特想將他拉離夜景項，但卻沒想到科斯特扯著衣領的手抓得死緊，最後在里斯的幫忙下才將他拉離。

「科斯特，你到底在做什麼！夜導演，您沒事吧？」里斯趕緊扶起地上的男子，責怪的盯著科斯特。

科斯特什麼都沒說，就只是一直緊咬著牙，雙手握緊成拳，身體幾近顫抖。他突然跌坐在地上，將臉埋進手掌，手指緊扯著髮絲，像是在壓抑什麼一樣，連呼吸也變得有些急促。

「冷靜點，科斯特，冷靜點……」

石川趕緊蹲下身附在科斯特耳邊不停的安撫，一手順著少年的背，一手覆上他壓額的手掌，想制止對方自虐的舉動。可惜科斯特扯得緊，怕傷到他的石川也不敢出力，就一直處於這種僵持的情況。

令人厭惡的譏笑聲在耳邊環繞，他的四周是一片的黑，黑到他幾乎看不見自己的手指，但是卻能感覺到指尖上的溼滑黏液，那條路、那條巷、那些腳步聲、那些身影就像糾纏不盡的夢魘般，不停的在四周晃動。

那是一種帶著腐爛物品的臭味，窒息的空氣幾乎讓他無法呼吸，好幾隻蒼白的手掌纏繞著他的雙腳，一點一滴的將他往下拖進黑暗裡，而他卻只能麻痺的呆站著無法反抗。

為什麼……為什麼……

突然，頭頂彷彿有個重量壓下，不重，但卻散發著一股暖意。

那股暖意如同煦風，化成點點亮光吹散一片黑暗。

科斯特睜開眼，看見的是有著繁亂掌紋的手掌，在手指與掌心的接連處可以看見明顯的手繭；掌心移開，夜景項蹲在他面前，在與他對上眼神後，挑了眉。

「沒事了？」

訝異之後是再度板起的表情，科斯特打掉眼前手掌。

「科斯特，還好吧？」石川擔心的詢問。

科斯特則是沉默了一會兒，搖頭回答：「我沒事。」只是想起了不好的回憶而已。想起那一天，夾雜著腐爛氣味的黑白記憶。

石川當然知道科斯特的不對勁，但他也不想戳破，反正只要科斯特醒神就好。

「沒事就好……」

「什麼沒事就好！科斯特，剛剛到底是怎麼回事？為什麼我會看見你對夜導演做出暴力舉動？雖然我平常容忍你的態度，但不代表今天的事情也可以裝作沒看見。」里斯難得板起嚴肅的表情，低沉的嗓音帶著無比的重量。

科斯特垂下頭，瀏海幾乎遮去所有表情。

科斯特沒有做出任何話語或解釋，就這樣沉默著，直到夜景項的聲音悠悠打破沉默，才讓他訝異的抬起了頭。

「嗯……其實這件事情算是我的錯，因為想測試看看，所以就說了點話，可能是我的詞語用得不恰當，觸碰到他的逆鱗了。」

眼前的背影擋住整個視線，科斯特咬著唇。

「不過我倒是覺得這樣的人反而更有趣，我挺喜歡他的。」夜景項恢復原有的輕佻語氣，他回頭看了科斯特一眼，「那就麻煩塔姆先生多多幫忙，請務必讓科斯特參與這次的戲劇演出。」

「我說過我拒絕！」

面對科斯特的堅決語氣，夜景項倒是露出有趣的目光。他彎下腰，靠到科斯特的臉前輕聲道：「我真是越來越中意你了。」

伸手想觸碰少年的肩膀，卻被對方用力打掉，夜景項笑著甩了甩手。

「原來剛剛被打的真正原因是這個，你對人似乎有很重的警戒心呢。」

科斯特朝他瞪了一眼，那樣子的眼神反而讓夜景項的笑容更加深一層，隨後他看了石川一眼，揮了揮手離開茶水間。

「那麼合約日那天見，我期待你的好消息。」

里斯皺起眉，吩咐江陵金送夜景項離開後，拍了拍身旁露出酸梅臉的薇薇安，才來到科斯特面前蹲下，淺淺的嘆了一口氣。

「那傢伙碰到你了，對吧？」

科斯特瞪大眼，抬起頭，望進眼裡的是一抹苦笑，沒有剛剛的嚴肅，只有如同在看待自己孩子般的包容。

「好歹我也讓你喊BOSS好一段時間了……我從沒忘記第一次見面時只是摸了你的頭就差點

被揍一拳，從那時候起，我就知道你是個很有戒心的孩子。」里斯站起身，直直的望進那雙映著迷惘的碧綠眼眸。

「科斯特，不論過去如何，曾經遭遇過什麼，也別讓自己深陷其中，懂嗎？」

這句話說得輕淺，但卻也帶著重量。

張開的嘴本想要說些什麼，但是最後卻放棄了，科斯特只能垂下頭，戴上帽子遮掩住自己的表情。

他當然知道，他也懂，但是……

里斯淺嘆一聲，望向門口佇立著的薇薇安，只見少女將雙手擺在腰後，深吸了一口氣，扯出一如往常的燦爛笑容說：「只要科斯特沒事就好，我去看看陵金回來了沒，下午我還要繼續拍攝《夢夏》，那……科斯特，先說掰掰囉！」

語畢，薇薇安轉身走出茶水間，身上的黃色蓬裙隨著行走一擺一擺的晃動著。

沒錯，只要科斯特沒事就好了。就算她明白科斯特可能不喜歡她，她也不想在他面前露出沮喪、憐惜的表情，因為她知道科斯特不喜歡。

其實沒關係的，只要她還能這樣跟他說再見就已經很好了。

少女那小小的背影映著堅韌。

「石川，把下午的行程延後，今天……就提早去看碧琳吧。」

里斯的話語讓科斯特露出訝異的表情。看了少年一眼，里斯本想拍拍他的頭，但卻想起對方可能會用拳頭當回禮，所以只好做了摸頭的手勢，然後轉身離去。

「……是的，BOSS。」石川目送里斯離去。

科斯特咬著唇。

明明他添了那麼多的麻煩，為什麼還要對他那麼好呢？

為什麼……還要對他這麼包容呢？

說兩人是朋友，也過於牽強，他最多就是喊里斯一聲BOSS。如此薄弱的關係，為什麼里斯還能待他那麼好？

而擁有至親血緣的那個人，為什麼就沒辦法像里斯這樣對待他和碧琳呢？

「我真的……真的努力過了……但是不論我怎麼努力，就是無法忘記……」

在他腦海中的黑白畫面，每每回想就像跳針的視訊畫面般，不管他如何的想忘卻，那些記憶就像長了根一樣的牢牢抓在腦海裡，扯也扯不掉。

「科斯特……」

「所以我不能沒有碧琳，我沒辦法待在過於耀眼的陽光下，因為我知道我沒資格，但我也沒辦法失去我唯一的太陽。」

在那片黑暗中的唯一亮點、讓他可以暫時忘卻那些令人翻嘔的記憶的唯一太陽，只有那個每當喝著他所泡的蜜絲茶時就會對他露出幸福燦笑的女孩，所以他沒辦法活在沒有她的世界裡，也沒有辦法想像失去她的那一天會變得如何。

即使難過、即使痛苦，只要有碧琳在，他就能撐下去……

他就能強迫自己繼續活下去。

▶▶Loading...

第五伺服器

那個……路上的野獸不要踩！

「科斯特哥哥！？你今天好早，沒工作嗎？」

科斯特有些困窘的看向睜著好奇雙眼詢問的少女，他悶悶的拉來椅子坐在病床旁，拿出保溫瓶倒了一杯蜜絲茶遞給碧琳，聲音有些尷尬。

「呃……嗯……」

他並不想說出剛剛在公司發生的事情來讓碧琳擔心，而且也沒什麼好講的。

但碧琳不是傻瓜，畢竟是纖細的女孩，當然能看出科斯特的不對勁。她不想看見自己的哥哥陷進死胡同裡，所以默默的將捧著的杯子擱在雙腿上，輕聲問：「發生什麼事情了嗎？」

科斯特一愣，趕緊搖頭，「沒事。」

突然，纖細的手指握住了科斯特的雙手。

科斯特抬起頭，望見的是碧琳有些沉默的表情。

「碧琳？」

「我知道哥哥為了我做了很多事情，但同樣的，我也會希望能為哥哥做些什麼。雖然我的雙腳無法行走，但是我可以傾聽。我不是笨蛋，哥哥每次隱瞞事情的表情我從沒漏看，我只是不說而已……」

碧琳露出苦笑，「不要讓我真的成了一個沒用的人。不管什麼都好，我只希望科斯特哥哥能開開心心的，不要悶著一個人苦惱。」

她知道科斯特會成為螢幕前光鮮亮麗的歌手是因為她；知道他在成為歌手前每天扛兩、三份打工，成為歌手後卻是接下一堆行程忙到深夜是因為她；知道他寧願放棄所有可以休息的時間，捧著蜜絲茶來到醫院是因為她；知道他悶著話不說、和別人大打出手，知道那一天全身沾滿泥濘、狼狽不堪的樣子全都是因為她……

她怎麼會不懂呢？

科斯特哥哥的善良、悲傷、痛苦，她怎麼會不懂。

所以她不准自己為無法行走的雙腳感到悲哀，不准自己露出哭喪的表情，不准絕望。無論如何，她都要用最燦爛的笑容來面對他，成為他的支柱。

科斯特輕咬牙，顫抖的雙手緊緊抱住碧琳，而碧琳只是垂著眼，手掌輕輕的放在那比自己多上一些力氣的手臂上。

「如果從一開始，那個人用著應有的態度來對待我們，是不是我們現在的生活就會不一樣？」科斯特低弱的說著。

碧琳的手指縮緊了些，耳邊傳來科斯特乞求的聲音：「我沒辦法想像失去妳的日子，所以不要扔下我……」

與其說是碧琳靠著他生活，不如說是他不能沒有碧琳。

「……科斯特哥哥，你玩《創世記典》了嗎？」

突然冒出的話語讓科斯特頓時一愣，他退離了些，臉頰立刻被一雙手捧著。碧琳的雙眼帶著溫柔的笑。

「我保證，只要哥哥找到我藏在那裡的寶物，我就一定會永遠陪在哥哥身邊。」

也許是因為長久待在醫院的關係，指尖傳來的溫度有些冰涼，但也因為如此，科斯特立刻就意識到碧琳剛剛說了什麼，反握住她的手。

「那、那告訴我要怎麼做才能找到妳，到時候直接把東西交給我就可以了吧？」

碧琳淡淡的笑了，搖搖頭，嘟起嘴。她露出有些俏皮的表情，回答：「不可以喔，這樣的話就失去價值了。就因為藏著，所以才叫做寶物啊！所以請科斯特哥哥在那個世界裡找到我，找到我藏著的東西，這樣才算完成任務呦～」

科斯特先是一愣，隨後嘆口氣，露出無可奈何卻又寵溺的苦笑。

「那麼我再自己摸索吧，但是至少告訴我妳在哪個地方，找尋寶物總得提供線索吧？」

「嗯……」食指抵在下巴，思考了一下後，碧琳笑著回答：「我在人族之地『艾爾利帕安』。線索有了，那麼尋寶遊戲也算啟動囉！」

▲▲▲◎▼▼▼

水藍光點拂過天空、樹叢，最後聚集在某棵大樹下盤旋交錯形成冰晶型態，下一秒，冰晶化為粉末碎裂開來，裡頭的藍髮少年也在同時睜開眼。

扉空看左、看右、看天、看地，最後搔了搔頭。

「現在該往哪裡去？」

碧琳說她在艾爾利帕安，雪晶也說過要把畢業證書拿到艾爾利帕安的中央城鎮換職稱，總歸一個方向，就是要到達艾爾利帕安就是了。

但是，要怎麼過去呢？

思考了一下，扉空叫出地圖查看自己所在的位置，接著用路線指引系統搜尋艾爾利帕安的前進方向後，視窗立刻跑出了好幾條路線，但最終的目的全都連接著一點——西邊的渡船區。

將視線停在前方的森林小道上，扉空望了一眼透光的大樹，邁開步伐開始前進。

線上遊戲的世界其實就等於是將幻想中的世界理想化的結果，而在《創世記典》裡，不管是早已滅絕的生物、植物都會聚集在森林裡，或是出現在本來不屬於自己產地的地方，但也因為如此，一座森林裡面的動、植物就包羅萬象，這樣的景象反而成了一種特色。

樹上的小鳥有著鮮豔的顏色，紅、橙、黃、綠、藍、靛、紫排排站在樹梢上，看起來就像是華麗的合唱團；松鼠晃著黑白交錯色彩的尾巴探出枝頭，露出好奇的眼神盯著瞧；擁有螢光藍般色彩的鳳蝶從眼前翩翩飛過。

扉空幾乎看得入迷。

這裡是個神奇的世界，也是個美麗的世界。

空氣中不會夾雜著機械的油味，不會有偽造的味道，碧琳會喜歡這裡不是沒有原因的，因為他也開始對這裡有點著迷了。

一邊思索、一邊走路本來就很危險，尤其四周圍不斷冒出一個個令人覺得新奇的生物，扉空走著走著沒注意腳邊，就這樣直接踩上某個有著軟毛的物體，突然響起的低吼聲讓他嚇得趕緊回神向後一跳，鍵盤也立刻出現在手上擺出備戰狀態。

他眼睛眨了眨，最後瞇起眼。

那是一團褐黃色的物體，好像還包著深綠色布料，他不確定那是生物還是植物，不過剛剛的吼聲聽起來有點像是動物，植物應該是不會發出聲音吧？

「殺殺殺殺殺殺……」

扉空看著右手邊從樹叢中冒出頭、長著利牙拚命扭動枝幹的鮮豔大嘴花，瞬間將視線拉回黃毛物體上。

也許真是植物也說不定。

這團黃毛雖然待是待在那邊，但是卻剛好擋住整條路，他要是不前進就沒辦法去搭船，也沒辦法到艾爾利帕安找碧琳。

想了想，扉空只好深吸一口氣，小心翼翼的一步一步向前，逐漸靠近未知物，雙手有些發抖的抓著鍵盤移到物體前方——戳了一下。

縮回！

扉空立刻往後跳一步，抓著鍵盤擋在自己面前，但意外的沒有任何聲音或是攻擊。他探頭望了望，再次走到物體旁邊觀察著。

這物體縮成一團也不知道是什麼，不過大概可以看得出來可能是頭的地方包覆著一團毛髮，看起來應該是動物，體積差不多是他的兩倍，那麼剛剛踩到的……

視線往旁邊一移，扉空看著那細長尾端連接著一戳軟毛，似乎是尾巴的東西。

奇怪，他怎麼覺得好像在哪裡看過？

抱著疑惑，或許是好奇心使然，又或者是不知道從哪冒出來的玩心，扉空瞇起眼、伸直手，再度用鍵盤往黃毛物體戳了戳。

……沒反應？

再戳！

……還是沒反應？

看他戳戳戳戳戳戳戳戳戳戳——

「吼——」

「哇啊！」

「哎呀，真是不好意思，居然還麻煩妳找食物，不過妳的武器真特別，是新手武器嗎？」

扉空看著眼前把剛剛還在樹上唱歌的七彩鳥變成烤小鳥吃下肚的獅子獸人，冷著一張臉。

好吧，讓他思考一下剛剛到底發生了什麼事情……

首先，他看見地上有個擋路的物體，接著拿著鍵盤戳了那未知物，結果未知物變成一隻穿著軍裝、雙腳站立的獅子追著他跑，跑到一半後獅子卻突然倒下喊肚子餓，然後他就被委託去附近找食物。

因為不想傷害動物，所以他摘了些樹上的不明果實回來，誰知道居然看見剛剛趴在地上裝可憐的獅子早就升起火，火堆旁還插著幾隻他剛剛在樹上看見的小鳥，紅、橙、黃、綠、藍、靛、紫，一個顏色不差。

明明就有力氣找吃的居然還浪費他的時間！

扉空站起身，而獅子則是吞下嘴裡的肉塊，好奇的問：「怎麼了嗎？」

「既然沒我的事情了，那麼我還要趕路，就這樣。」冷冷的說完，扉空邁步離去，不顧對方錯愕的表情。

事實上，他也不需要去管對方會不會怎樣，畢竟有力氣找吃的代表這傢伙根本沒問題，而且他也不想多浪費時間與不熟的人交談，畢竟他在這裡唯一的目的就只是「尋寶」而已。

找到碧琳、找到她藏著的物品，其餘的根本沒必要多花心思浪費時間。

「沙沙沙……」

「擦擦擦……」

「沙沙沙……」

「擦擦擦……」

扉空停下腳步，回頭瞪了一眼從剛剛就一直跟在他身後的獸人，「跟著我做什麼？」

獅子舉起有著尖爪的獸掌，咧開嘴：「嗯，妳一個女生四處跑不安全，看妳要到哪裡，我送妳吧，當是報答妳幫我找食物的回禮。」

——誰是女生啊！

扉空瞬間流露出殺氣，連口氣也惡劣不少，「不需要，我有武器。還有，我不是女人！」

獅子瞪大眼，一臉吃驚的上下打量扉空，從頭看到腳，再從腳看到那平板的胸部，表情凝重了起來，「我還以為你只是貧乳而已，原來真的不是女人。」

「去死啦！」

叫出鍵盤，扉空就直接朝著那欠扁的獅子頭招呼過去，誰知道對方的動作更快，帶著尖爪的獸掌就這麼直接擋住攻擊，還笑瞇了眼。

「哎～怎麼就突然打人了？就算不是女人，你的長相也可能會引來不必要的麻煩吧？如何，我護送你？喂！不要突然跑走啊！」

去死吧！居然說他是女人，他哪裡像女人了？他只不過是比一般男生身材瘦了點，長相偏斯文了點，但根本和女生扯不上邊好嗎！

扉空越想越氣，腳步也加快不少，結果卻踢到樹枝，整個人直接面朝地撲倒，白色衣服沾上灰塵，狼狽不已。

他憤恨的抬起頭，雙手握拳搥往沙地。

真是夠了！

「走路要看路，不然就會這樣摔倒喔！站得起來嗎？」

獸掌才剛碰到少年的肩膀，一記拳頭就在下一秒招呼過來，獅子往後一退閃過攻擊。

扉空抹掉臉上的灰塵，眼露狠意。

「不要碰我。」他不帶溫度的話語透露出強烈的拒絕。

獅子瞇起眼，看著像隻被踩到尾巴的貓咪般的扉空，挑了眉，身後的尾巴晃了晃，重新邁開步伐朝著前方的人走近。

扉空叫出鍵盤，在獅子來到他眼前時猛然揮出，沒想到卻被二度擋下。他錯愕的看著比自己高出十幾公分的巨大身影擋住所有的視線，綠色的獸瞳靠到眼前，近到他幾乎可以感覺到那滿是利牙的大嘴噴出的氣息。

黑白色的扭曲回憶竄上腦海，身子克制不住的隱隱顫抖，看著落下的巨大獸掌，扉空下意識的將雙手擋在面前，咬牙閉上眼！

然後，那是與記憶中完全不同的感覺。

頭頂傳來暖意，沒有其餘的動作。

扉空緩慢的睜開眼，看見的是近在眼前的褐黃軟毛，彷彿櫥窗裡頭的絨布娃娃，夾雜土壤與毛髮的味道竄入鼻間。

獅子揉了揉扉空的頭，看著他呆愣的樣子發出低笑，用著短短的指背敲了下那鑲著雪花晶片的額頭。怪異的麻癢感讓扉空趕緊遮著額頭往後一退，臉上染上臊紅。

「我叫伽米加，你呢？」

扉空一愣，撇過頭不說話。

「不說的話，我就再戳你額頭喔～」

獅子……不，現在該稱呼他為伽米加。

伽米加作勢伸出手，而扉空則是有些慌張的往後退，護著額頭大喊：「扉空！我叫扉空，不要碰我……」

他為啥報上自己名字啊……扉空懊悔的瞪著伽米加。

「喔？哪個飛，哪個空？」

扉空皺起眉，本來不想回答，但是看見對方拇指和食指的尖爪作勢搓了搓的樣子，趕緊叫出自己的資料讓他看。

「喔，原來是『扉空』啊……」

伽米加摸摸下巴，像是想到什麼般搥了下掌心，接著叫出自己的視窗不知道點了些什麼，而當扉空本想趁這段空檔跑走時，眼前突然出現一道透明的藍框擋著，上面還寫著一段文字——

『玩家【伽米加】申請與您締結好友——【YES】or【NO】？』

扉空眨眨眼，回過頭。

獅子聳聳肩，示意他快選擇。

扉空視線瞟東瞟西，最後手指往前一戳，當藍幕消失時，他趕緊把握機會往前衝，結果跑沒幾步，視窗又再度出現。

『玩家【伽米加】申請與您締結好友——【YES】or【NO】？』

——夠了喔！

扉空黑著一張臉回過頭，伽米加一臉輕鬆的剔剔指甲，然後吹了口氣，看著他挑眉，示意扉空再選擇。

手指再戳！

視窗再跑出來。

他戳！

視窗又跑出來。

扉空回頭狠瞪，誰知伽米加居然邊吹口哨邊走近他，抬頭張望天空說：「誒，好像快天黑了呢，不知道這樣耗下去要多久才能離開這座森林。」

伽米加低頭瞇起眼，笑道：「快點決定吧，早早離開。」

握緊拳，扉空用力朝著「YES」的框框搥下去，耳邊也傳來系統的提示聲音。

『恭喜玩家【扉空】與【伽米加】締結好友成功！』

「哎呀，看來接下來你去哪裡我都得奉陪到底囉！那麼你要去哪裡呢？」

看著那張笑臉，扉空倒是絲毫沒有開心的感覺，只有無限的煩躁、鬱悶。他黑著一張臉，最後乾脆操起鍵盤就直接往前砸！

夠了！為什麼就是不能讓他安安靜靜的去找碧琳！為什麼要一直煩他！

去死吧！去死吧！去死吧！去死吧——

秉持著愛理不理、只要不跟他人接觸就好的好好男人扉空，第一次理智線終於毫不留情「啪」的一聲斷裂，他忘了要前往中央城鎮的任務，忘了要找碧琳和寶物，抓著鍵盤就是往對方身上砸；而伽米加則是邊擋邊躲又邊喊著「冷靜」，但扉空根本不管他，仍死命的揮甩著鍵盤。

忽略時間的走動，滿腦子只剩下暴力行動，扉空發出怒吼加大力量，終於一板狠狠甩在伽米加的臉上，將獸人的頭打歪了邊。

直立的獅子瞬間摔在地上，雙眼呈現漩渦狀。

「別小看鍵盤了！蠢貨！」

罵完，扉空虛脫的跌坐在地，垂著頭大口喘氣。

夜晚的森林總是散發一股詭譎的氣息，黑暗讓空氣更加寒冷，但因為種族的關係，扉空並不覺得自己被包圍在冷空氣中，反而覺得有些溫暖，甚至前方的火堆讓他覺得有些熱。

他視線瞟到對面正在食肉的獅獸人，再看看四周插滿冒著熱氣的「鳥仔巴」和「烤兔肉」的火焰，身體想往後再退些，卻發現身後抵了棵大樹幹，根本無法再退。

「怎麼？不用客氣，雖然你把我打暈了，但我也不是愛計較的人，吶，快吃吧！」

笑得燦爛的大嘴讓扉空覺得刺眼。他那時候真該保留力氣逃跑才是，而不是盡全力毆打他，結果把自己的力氣都耗光，等恢復時本來要跑，卻被剛好醒來的伽米加抓住衣領一起拖去找食物，然後就變成現在這種情況。

煩躁的扒著髮，扉空頹喪的垂下肩膀。

腳邊的綠草被火焰的光芒染成橘紅色彩，隨著光影一晃一晃的，扉空不自覺的伸長手撫摸著草葉。被擋住光線，小草變回暗綠顏色；他手一移開，小草再度染上橘紅色彩。扉空的雙眼放柔了些。

他討厭那個世界、那個社會，但他不討厭這樣的小東西，有著韌性的小小雜草，即使只擁有角落的空間也依然長得挺拔，毫不認輸，小小的卻帶著飽滿的色彩，每當路過看見那樣子的植物，他就會不自覺的停下腳步。

突然，黑影擋住火光，扉空才剛抬起頭，一個帶著燙人溫度的物體被塞進他手裡。

「快吃吧！涼了就不好吃了。」

扉空皺起眉，將插著烤得金黃香酥的鳥仔巴的樹枝塞回伽米加的手裡，起身拍拍皺掉的衣襬，「不用了，我不餓。」

「是嗎？但你的肚子可不是這樣說的呦。」

扉空壓著剛剛發出不爭氣叫聲的肚皮，臉紅的瞪著挑眉晃著上頭插著烤鳥的樹枝的伽米加，狠聲道：「囉唆！我說不用就是不……唔！」

趕緊吐出突然整隻塞進嘴裡的烤鳥，扉空用手不停的對著被燙得紅腫的嘴巴搧風，眼淚都快飆出來了。

「你、你不能吃熱的東西嗎？」

伽米加對眼前的情況感到錯愕，趕緊叫出一瓶水遞到扉空的脣邊。

直到此時，伽米加才看清楚對方耳朵上的特殊晶片，像是薄薄的水晶結晶，讓他感覺到一陣微涼。

抓著水瓶灌了好一會兒，扉空終於感覺嘴裡的燒感好了些。咳了幾聲，扉空瞪了伽米加一眼，而後者則是露出道歉的苦笑：「我、我不知道你不能吃燙的，我以為你還在因為加好友的事情在賭氣……」

——哼，你也知道你那行為就像土匪！就算我不能吃燙的東西也不會吃下你遞來的食物！

而事實上，他也不知道自己不能吃熱的食物，剛剛碰到樹枝只覺得比平常溫度高了些，沒想到冰精族真的不能接近熱源，看起來這個種族有點麻煩。

騷動一停，扉空終於發現伽米加與自己的距離只剩下一步之差，趕緊往後退了兩、三步。

「不要靠近我！」

明顯的疏離讓伽米加的臉色也不好了。

「我承認一開始把你誤認成女人是我不對，不知道你不能吃熱的就硬把食物塞進你嘴裡害你燙到也是我不好，但你不用這個樣子吧？況且我們都加好友了……」

「我又沒說我想！」

「你的意思是我強迫你囉？」

「難道不是嗎！」大吼完，扉空才發現自己過於激動的情緒，但想想自己說的全是實話，也就沒什麼好愧疚的了。

甩了甩手，扉空恢復了冷臉，撇過頭說：「我不需要任何人，更不需要朋友，加好友這件事情就算了，如果沒事的話我要先走了，你也別跟著我。」

話才剛說完，扉空轉身想走，誰知道雙腳卻突然一個騰空，視線瞬間一晃，褐色的鬃毛隨著風吹劇烈飄動，同時尖銳的利爪從眼前掃過，狠狠插進剛剛扉空所站著的地方。

橘紅的光線將那道黑影照得明亮，那是一隻足足有兩個人高，像是狼人般的怪物。但不同的是，那隻野獸有兩顆頭，一顆是長著兔耳的狼頭，一顆是長著狼耳的兔頭，而且尾巴還是小狗的捲尾……慢著，為什麼要特地把牠們的耳朵交換？

視線往上，扉空看見那怪物頭上有著幾個亮字——【LV. 30 兔狼獸】。

名字一看就知道是懶得取名之下的產物，扉空有些無言，但是在那散發凶光的銅鈴眼與自己的視線對上時，一瞬間就像是被掐住了呼吸般的喘不過氣。

視線晃了下，四周的風景快速飛竄，兔狼獸也越來越遠。

扉空有些慌張的對扛著自己奔跑的伽米加大喊：「等、等等，放開我！」

伽米加並沒有回話，也沒有聽話放下扉空，反而加快奔跑的速度。

扉空抬頭望去，才發現本來遠去的兔狼獸竟不知何時追了上來，而且距離還有縮短的傾向。天藍色的頭髮被風吹得狂亂，與褐色的鬃毛幾乎糾纏在一塊兒，扉空不自覺的抓緊伽米加的肩膀。

不停閃過擋路的枝幹，獸人的本能讓伽米加知道後頭的凶猛怪物已經快追上他了，眼見遮蔽物越來越少，伽米加也感覺到地勢開始不妙，雙腳衝出草叢的那一刻，腳步瞬間停止，他抱著扉空往下一蹲，利爪也瞬間從頭頂揮過。

朝旁邊打了個滾站起來，伽米加發出怒吼。

但兔狼獸卻沒有因為這樣而退縮，兩顆頭同時仰起發出吼聲，雙腳一蹬像子彈般朝前衝出，直直的朝著伽米加和扉空襲來。

喊了聲「抓好」，將扉空甩到後背，獸瞳一縮，四掌互碰，伽米加的手臂爆出青筋與兔狼獸抗衡著。

伽米加的等級不比兔狼獸低，一開始他能穩穩防守住，但始料未及的是一陣紅光瀰漫兔狼獸全身後消散，兔狼獸頭上的亮字從白轉紅並改名為【LV. 30 凶暴兔狼獸】，隨即牠的體積瞬間增大一倍，所使出的蠻力竟大到伽米加難以抗衡。

《創世記典》裡的怪物雖然原本各自擁有固定的等級和名稱，但是有時候也會出現像這樣的異類，在某些場地或某些條件觸發下使力量、等級提升的「變異種」。

雖然不知道是什麼原因讓兔狼獸提升力量，但以伽米加現在的處境也沒時間去思考這個問題，他現在所面對的兔狼獸就算等級未升，但力量至少提升增加了40%，眼見雙腳開始往後退移劃出土痕，伽米加露出緊咬的獸牙，努力加大力氣抵抗。

看著身後剩下沒幾步的深崖，扉空覺得有些頭昏，手背的刻紋也微微發燙著。

「畢竟是冰雪妖精啊……冰將會帶給你指引……」

低喃般的聲音在耳邊迴盪，如同剝落的冰片發出劈啪聲響，漸漸在腦海化成另一幅景象。

「好燙……」

耳邊傳來扉空低啞的聲音，伽米加頓時一個分神，也在那一瞬間，胸前挨了兔狼獸的一掌在地上摔了個滾，翻出山崖。

伽米加趕緊撈住扉空，單手攀著崖壁，抬起頭，只見兔狼獸露出嗜血的目光。

「好燙……」

冰冷的寒風從山底颳上來在身體周圍盤旋，伽米加錯愕的看著低垂著頭的少年，天藍色的長髮飄亂。

手臂的刻紋發出淡淡的藍光，如同水紋攀爬上手臂、胸口、臉龐，扉空抬起頭，垂長的瀏海飄開，隱藏在底下的臉龐攀爬著宛如裂冰般的痕跡，看得伽米加有些心驚。

他知道，他知道該怎麼做……

「風將化為雪……」金黃色的豎瞳緩慢的斂下又睜開，眼裡帶著幾絲恍惚。

只要照著腦海的景象做就可以了……

「雪將化為冰……」

兔狼獸的獸瞳在黑夜中閃爍著，高舉利爪，接著狠狠揮下——

伽米加看著停在自己眼前的利爪瞪大眼。

「劈啪、劈啪——」

利爪從尾端開始被透明冰晶包覆，兔狼獸發出怒吼縮回獸爪，然後再次用力朝前揮下。

「冰若為鏡中花……」扉空右手遲緩的舉起靠在脣邊，瞳孔閃耀著異樣的光芒。

他知道，只要這麼做……

盛開綻放吧——冰鏡花！

扉空猛地昂頭，順著掌心吹出氣息，冰寒的空氣瞬間將揮來的爪子冰凍住，層層覆蓋往上竄爬，速度快到兔狼獸無法反應，只能眼睜睜看著寒冰襲來將自己團團包覆！晶粉散開，一朵冰花盛開在原野，而兔狼獸就被包覆凍結在冰花的正中央。

情勢的逆轉讓伽米加呆愣許久後才回過神，看了臉色有些難看的扉空一眼，趕緊使力將扉空舉上地面，而自己則手腳並用的爬回空地。

同一時刻，冰花傳來了劈啪聲，伽米加順聲望去，只見冰花從根部爬出裂痕，一路爬上花瓣末端，最後「啪」的一聲連同兔狼獸碎成一地冰片。

風一吹，冰片化成晶粉飄向天空，如同星河，看得伽米加幾乎無法移開視線。

「唔……」

身後傳來的呻吟聲拉回獸人的神智，伽米加趕緊來到扉空身旁。只見扉空跪在地上，身子不斷抽搐顫抖，被手掌壓著的臉部則不停剝落冰片落在草葉上。

「你沒事吧？喂！」

好燙……就像被火燒到般的燙……燙到他幾乎想扯掉自己的皮膚來停止這種痛！

「扉空！」

「……冰……」

伽米加一愣，纖細的手指深深陷進他扶著他的手臂裡，微弱的聲音夾雜壓抑。

「……好燙……冰……哪裡有冰……」

伽米加回過神，趕緊問：「水可以嗎？」

看著對方點完頭又開始全身發抖的樣子，伽米加隨即抱起扉空。烙鐵般的燙度讓伽米加錯愕，他甩甩頭，趕緊甩掉腦中的煩亂思想，朝著天空聞了聞，鎖定了方向後跑進樹林裡。

▶▶Loading...

第六伺服器

完整的世界，不完整的自己……

「滋啦——」

伽米加踩在河中，小心翼翼的將扉空放進水裡，就像烙鐵碰到冰水般，熱氣開始散往天空。也不知道過了多久，伽米加就這樣一直守在扉空身旁，直到天空漸漸明亮，太陽升起，晨光照遍大地，水裡的人才有了動靜。

緊閉的雙眼睜開，扉空翻身撐起身子低咳著，而伽米加也趕緊伸手幫對方順順背。河面的倒影一如當初，臉上的裂冰痕跡已經消失無蹤，扉空舉起手，看著只剩下手背上才有的刻紋；他深喘著，抹掉臉上的水漬搖搖晃晃的站起來。伽米加趕緊伸手攙扶。

看著變亮的天空，扉空開始回想剛剛的襲擊行動，突然耳邊再度傳出系統的通知聲，他打開視窗，看見自己原本空空如也的技能欄位多出一個冰花圖樣，上頭還寫著「冰鏡花 LV. 1」，而資料視窗上原本的十等也一口氣升了三等。

他點開圖樣，系統傳來解釋。

『【冰鏡花】：為冰精族流傳的古老招式之一，藉由冰雪的祝福將敵人化為鏡花冰凍藉以消滅之技能，專屬於玩家【扉空】的特殊招式。請注意，使用完之後須有三天時間冷卻才能再次進

行發動。』

「這到底是……」

「因為你打倒了高出你好幾等的怪物，升等是正常的。怎麼，第一次玩線上遊戲？」

扉空瞥了伽米加一眼，加完點數後關掉視窗，走往岸邊，「要你管。」

伽米加無奈的笑著搖搖頭，「你就不能好口氣一點嗎？好歹我們也共患難了一晚。」

「我又沒叫你救我。」

「……是是是，是我自己做多餘的事情，真是對不起你喔！我那時候真應該自己逃跑，省得像現在這樣搞得一身傷還守了你整晚。」伽米加舉起手，口氣也被挑起加重。

「……對，你那時候本來就不該帶著我跑。」扉空回頭注視著伽米加，語氣很是冷淡，「你從一開始就不該裝死擋著我的路，不該強迫我和你成為朋友，不該不讓我跑走，不該帶著我逃，你應該做的是扔下我。我不需要任何人，更不需要朋友！」

「……那你眼裡的不甘心又算什麼？」

看透的問話讓扉空錯愕且狼狽，他撇頭離去，也扔下狠話：「總之不要再跟著我，我不需要誰，更不想欠著誰，我滅了那頭怪物，就算還你人情了，從此互不……」

黑影從頭頂躍過落在扉空面前，伽米加伸手直接戳了扉空額上的雪花片，看著扉空臉頰染上緋紅、雙手遮著額頭往後退的樣子，他挑了挑眉。

「你幹什麼！說了不要碰我！」

「你再囉哩囉嗦的我就再戳喔！」

扉空趕緊護著額頭狠狠的瞪著伽米加，而後者則是聳聳肩，手指搓了搓臉旁的鬃毛，「我真的開始懷疑你其實是個貧乳的女人了。」

扉空的雙眼再次目露凶光，可惜伽米加毫不在意，揮手擋掉，扠著腰說：「理由一堆、藉口一堆，比女人還要囉唆，口是心非，你就不能坦白一點嗎？」

伽米加嘆了一口氣，走到扉空面前，右手才剛伸出去，立刻就看見扉空雙手緊緊握著鍵盤瞪著他。

「我不需要誰！」

「你只是怕別人看透你真正的想法。」

平穩的聲音讓扉空一愣。

隨著風吹，瀏海晃動，視線被髮絲虛掩。一直以來，這就是他看見的世界，扭曲且不完整；也是他想讓別人看見的模樣，一個無法看透心思的樣貌。

他不需要別人，更不想讓別人猜到自己的想法。他在想什麼只要有碧琳懂就好，只有這樣他才能每分每秒的告訴自己，那女孩對他是獨特的。

而他，也想讓碧琳看見，她在他心中所占有的重要意義及地位。

「有時候人的想法都會變成表情，你遮著自己的心、躲著自己真正的想法又算什麼？難道你一輩子都要這樣活著嗎？」

「看著自己捏造出來的渺小世界，躲在自己的世界裡說服自己不孤單，這世界遠遠超過你想像的大，在你身旁的人多到你數都數不完，他們笑著、哭著、憤怒、開心、沮喪、自信——多采多姿的表情，難道你都不想真正好好的看清楚，嘗試著讓其他人看見你的心情、表達你的想法……」

伽米加直直的望進那透露著訝異的眼眸，輕聲問：「這樣的生活難道你不羨慕嗎？」

扉空咬牙，聲音裡依然抗拒：「我不能……」

「為什麼不能！這是你的生活，是你在決定自己所看見的世界，因為你希望它渺小，所以它扭曲、不完整！只要你希望這世界是大到你看不見邊境，你就會發現周遭其實是充滿著自己從未想過的豐富色彩……不，你一直都知道，只是強迫自己不要去看。」

「我不能！」扉空壓著隱隱發疼的側額，那一字一句的控訴讓他覺得承受不住。甩開手，他咬牙低吼：「我不能……」

「科斯特哥哥！」

坐著輪椅的少女在那片璀璨的光線下對他露出笑容，如此清晰的回憶讓他想哭。

他不能，他不能去看，因為要是看了一定會想去追，那麼無法行走的碧琳又該怎麼辦？

「我不能扔下碧琳一個人自己往前走……」

即使擁有雙腿，他也不該走，他不能扔下碧琳獨自一人。

所以，就當他失去行走的能力。即使躲在自己的渺小世界裡也沒關係，只要那女孩能露出笑容就足夠了；沒有鮮豔色彩的廣大世界也沒關係，他只要一輩子注目著……

一輩子。

「那麼你口中的那個人，也希望你用著不完整的世界一直陪著他？」

「因為，如果可以跟哥哥一起走在路上的話該有多好。我說的不是哥哥揹著我，而是我靠著自己的雙腳走著，因為不可能，所以只要在那個世界裡頭就能跑能跳，可以和哥哥一起玩。」

扉空一愣，而伽米加則是在他面前跪蹲著，眼裡是溫柔的苦笑。

「應該不是吧。」

只要擁有雙腳，就能在這個世界奔跑，就能和他一起向前走……

——不可以！不能再繼續想下去了！

他用力甩頭，彷彿想將腦海的那一絲奢望甩掉般，胸口的地方傳來陣陣的疼痛。

一抽一抽的，心疼。

「《創世記典》真的是個很棒的世界，如果可以的話，哥哥也來玩玩看，好嗎？」

女孩溫柔的話語輕輕響起。

和碧琳一同行走的奢求真的可以實現嗎？他真的可以向前行走嗎？

這種問題，其實根本不用詢問，因為他知道溫柔如碧琳，即便雙腳無法行走，她也會用力的推著他，要他朝前跑。

——碧琳，妳想讓哥哥看見的世界……並不是待在原地。

她一直以來的希望就是他可以往前走，不是陪著她，而是拉著她跑。

他懂，他其實都懂。

但就是因為懂，才會覺得好心疼，好心疼這個女孩，他捨不得啊……所以他才會遮掩住自己的雙眼，不去正視，而現在伽米加是直接強迫他面對心裡真正的想法。

如果這個世界真的是個奇蹟，那麼就讓他祈求吧……祈求他有向前行走的權利，並且帶著那個女孩前往幸福。

「先說，看你的樣子應該是網遊新手，很多規則大概也沒搞清楚。事實上我還算挺閒的，沒有什麼重要的事情或是任務要解，在這裡也只是散步放鬆用的，不過當然，要是有人需要我陪著也是可以去別的地方逛逛，而且還是免費的。」

伽米加伸出手，漾起自信的笑容，如同佇立在高聳岩石上往望下的獅王，「走不走？」

「我沒有拜託你。」

「好，算我逼你的。」

「我沒錢。」

「回去剛剛打倒兔狼獸的地方找看看，應該能撿到挺多的，說不定還有高等寶，賣一賣什麼都妥當了。」

「我不能靠近火，而且不殺生。」

「生火、找食物我負責，烤完熟食還順便幫你吹涼送到你面前。」

「……我要到中央城鎮。」

「那還不快走，晚了就搭不上船了！」

四肢並用在樹林間奔跑，劇烈的狂風將伽米加如髮般的鬃毛吹得散亂，遠遠的船鳴聲響傳入耳膜，綠色的獸瞳縮了一下，加快速度衝出森林，腳下的綠地瞬間變成灰硬水泥。

一旁正在搬運貨物的工人紛紛停下腳步，朝著騷動的地方望去。

那是有著褐色毛髮的獸人，而獸人的背後則是緊攀著一名看不清樣貌的藍色身影。

巨大的華麗輪船升起船帆，緩慢駛前。

發出吼聲，伽米加加快速度朝著碼頭奔跑而去，長型的停靠石板如同跑道，伽米加壓低身軀減少風阻。

「各位旅客一路順——」

站在盡頭揮手道別的剪票員身旁突然颳過一道強風，他剛回過神，只見一隻穿著軍裝的獸人居然直接四肢一蹬衝出碼頭。

「風……！？」

前爪在驚險的距離攀上船尾，隨即後腿往前蹬，獅子以完全背離自然生態與地心引力的姿態縱身登上船緣，再一躍，在其他人驚訝的目光下身影一瞬間遮住陽光，然後「咚」的一聲安穩的落在甲板上。

伽米加帥氣的甩了甩頭，而身後的扉空則是虛脫的直接摔下他的背，然後搖搖晃晃的站起身，拍拍身上沾到的獅毛。

「哎呀，真是好險，還好在最後一秒趕上了……」笑容瞬間變得生硬，伽米加看著高舉雪球的扉空努力扯笑勸說：「好歹獅子坐騎也挺快的……！」

雪球瞬間砸上伽米加的臉，伽米加往後一倒，而扉空則是破口大罵：「去你的速度快！都不知道害我撞到多少樹枝！還有我對……」

視線晃了一圈，扉空趴在船緣，「唔……雲霄飛車過敏……唔噁！」

說完，扉空晃著頭轉身，毫無形象的直接跪倒在地，嘴裡跑出了一堆馬賽克物體。

「既然都趴在船邊了就不要吐在甲板上啊——」

▲▲▲◎▼▼▼

「唉……」

扉空坐在船屋旁的長板搖椅上，恰好陰影遮住炙熱的陽光，不然他可能會融化在船上。

是的，這艘船看起來就跟海盜船頗像，桅杆頂部還插著一支洋裝骷髏頭圖案的莫名黑旗，粉紅色的船帆更用巴洛克字體印著「創世記典豪華客船」的字樣；如果是品味奇怪的海盜船就算了，船上竟然還有盪鞦韆、小花圃、翹翹板、旋轉木馬、摩天輪，船屋裡更是與外面木製狀態完全不同的五星級飯店大廳，連餐點都豪華得可怕。

這根本把海盜船和豪華客輪搞混了吧！

扉空深深的嘆一口氣，抓著耳朵，本該是冰涼的薄晶變得有些接近溫態。

據說搭船要一天的時間才會到達中央大陸，其他玩家都跑去船邊和觀景臺看海了，但扉空卻因為太陽過熱，不得不找個陰涼處休息。他不想進大廳埋在食物堆裡，更不想去坐旋轉木馬，只能來到這唯一陰涼的搖椅所在地坐著。

這像是鞦韆般的搖椅漆著七彩顏色，長型坐板約有兩人寬，固定搖椅的A型桿還裝飾著每過固定時間就會「顆顆」笑的小丑娃娃……扉空抹了抹臉，覺得頭更痛了。

「扉空。」

他抬起頭，冰涼的物體立刻塞到脣上。

扉空愣愣的接過甜筒，冰涼的牛奶香味在嘴裡竄開，而伽米加則是拿著巧克力口味的冰棒在他身旁的空位坐下。

「這裡還真不錯，要玩的有玩的，要吃的有吃的。」含著冰棒，伽米加露出滿足的表情。旁邊的小丑娃娃頓時傳來「顆顆顆」的刺耳笑聲，然後又停止。

「不過品味有待加強。」扉空看著被嚇到跳起的獸人，挑眉。

「真是的，你怎麼不先說旁邊有這詭異的東西。」伽米加皺起眉，坐回原位，眼神三不五時的瞄向小丑娃娃。

「我沒有義務。」

「唉，怎麼又變回這種態度了，好歹我也讓你趕上了這班船。」

「途中還讓我撞了快二十根的樹枝。」

「跑的時候哪還能注意那麼多……」伽米加搔搔頭，悶悶道：「好好好，算我不對，我應該學忍者在樹上跳著往前跑才對……」

「不過，倒也沒什麼不好。」

「咦？」伽米加看著站起身的扉空，順著他的視線望向前方，海與空連為一線，那是一片廣大的藍，顯眼的白色雲朵掛在空中。

海風拂過臉頰，讓扉空覺得昏沉的頭好了許多，突然手腕一緊，人被拉著向前跑。

「喂！你幹什……」最後一個字埋沒在嘴裡，順著伽米加的示意，扉空往前走到船邊，抓著船緣。

五顏六色的海鳥結伴翱翔輕沾水面，從扉空面前展翅飛過；碧藍的海面上，金色的光點伴隨著躍出水面的海豚跟在船身旁游著。

抬頭望去，陽光將海面染上粼粼波光。

這是他從未見過的世界，一個廣大到無邊境的世界。

「很棒對吧？只要你想看，其實就可以看見這個世界的不同。」伽米加背靠著船緣，看著身側那雙映上波光的眼眸，微笑的說著。

「……或許吧。」

扉空不自覺的露出淺笑，也在那一瞬間，周遭的旅客傳來了驚呼。

低下頭，只見一名長著金色尾鰭的綠髮女子在海豚的圍繞下游至船邊，一拍尾鰭，劇烈水花高達三尺，女子一瞬間躍上半空，雙手攀住船緣一撐便坐在扉空面前的邊木上，一紫一紅的雙眼漾著笑意。

人魚低頭在扉空額上的雪片輕輕一吻。

「好孩子。」

扉空錯愕，人魚則是輕笑著翻身跳回海面，銀鈴笑聲清脆亮耳。

看著浮游在海面上揮手的人魚，腦海中突然現出雪晶那柔和的微笑，扉空抓著船緣的手指縮緊了些，垂下眼，輕聲說：「會回來的。」

「誒……怎麼會去親你不來親我呢？怎麼想都應該是看上我才對啊！」

聽著伽米加的不滿嘀咕，扉空白了他一眼，轉身走向搖椅。

「她是來送行的。」

「送行？」

扉空停下腳步，望向那已經看不清的大陸，「因為孩子要離開了，所以派人來送行吧。」

海風吹起天藍色的長髮，伽米加看著微笑的人，無奈的哼一聲，笑了，然後走上前抓起扉空的手，將他手上開始融化的冰淇淋甜筒一口吃下肚。

想當然耳，扉空立刻叫出鍵盤開始朝著伽米加亂揮亂甩，而伽米加則是趕緊出手護擋。

「你的冰都快融化了，我不吃掉的話到時要清地板耶！」

「那也是我自己的事情！」

扉空把鍵盤亂揮亂甩，伽米加也閃得厲害。

「你真想清地板啊？早說嘛！我幫你向船長介紹，讓你從船頭清到船尾開開心心。」

扉空低啐了聲，鍵盤砸在伽米加身上，大罵：「去死吧！爛獅子！」

其實他會笑，也有其他的情緒，只是不知道為什麼總是不讓自己露出來。不過算了，之後的日子還很長，只要還在《創世記典》裡，他會挖掘出他所有的表情，當那樣的一號臉露出豐富的情緒……之後的日子肯定會有趣不少。

彈彈手指，伽米加指著上空「啊」了一聲，而扉空也瞬間停下動作，下意識的抬起頭。

白色的物體瞬間從正面落下，因為是軟物，所以扉空並沒有特別的閃躲，反而很順手的接了下來。

「咦？」

那是一個約五十公分長的白兔娃娃。

「對、對不起，哥哥……」

一名年約十歲左右的女孩有些慌張的從二樓甲板的樓梯下來，走到扉空面前，不知所措。

扉空眨了眨眼，順著女孩的視線看著自己手上的白兔娃娃，再望向那帶著擔憂的紅色眼眸，思考了一下，遞出娃娃。

「妳的？」

「啊，對！謝謝你，大哥哥！」

接過娃娃，女孩露出燦爛的笑容對著扉空說謝謝，接著便抬頭對著二樓甲板探出頭的男孩晃晃拳頭，喊了句：「杺木你這壞蛋！居然把我的白白扔下來，我也要拆了你的櫻花！」她再次對著扉空道了聲謝，接著便噠噠噠的跑回二樓甲板揍人去了。

「哎呀，小孩子就是單純可愛～」

殺人目光狠狠瞪來，鍵盤預備就位。

伽米加尷尬的往後退，努力勸說：「其實你不拿鍵盤也是單純可……」

「去死！」

「哇啊——」

夜晚的海面在月光的渲染下倒映銀白反光，一反白天的閃耀，夜晚是如星辰般的美。現在，所有玩家都聚集在船裡的五星級大廳裡，各自享用著如派對般的美食。當然，伽米加和扉空也不例外，只不過……

「我說，其實不用下手那麼重吧。」頂著滿頭包，伽米加捧著裝滿食物的托盤跟在扉空身旁抱怨。

扉空夾起一個沙拉三明治放到托盤上，再拿起一盒布丁，最後走到飲料架前拿起一杯白開水，來到旁邊的空沙發坐著，他冷冷的說：「只要你管好嘴巴，當然就不會挨打。」

「真像給糖給鞭子的教師發言。」低碎的說完，坐在扉空對面的伽米加注意到對方盤中的食物，好奇問：「你東西怎麼只有三明治?連塊肉都沒有!反正在這裡不管吃多少都不用加錢，給它盡量吃，不用怕！」

「不用了，吃超過自己身體所能負擔的熱量對身體有害無益，況且……」扉空咬了一口三明治，瞄了對面的人一眼，「我不是野獸。」

聽見針對性發言，伽米加哇哇叫了：「獅獸人族才不是野獸那種沒教養的生物，我們可是《創世記典》裡具有優越性偉大基因的獸人族之一呢！不管是打獵、吃食、泡妞、生小孩，絕對都是行動力高，品種純良，一等一的好！」

不說還好，聽到後面幾句扉空瞬間鄙視了。

「說穿了還不是可以兩隻腳站著的野獸，連思想都下流無比。」

「我、我哪裡下流了？」

「你自己知道，我不想讓我的嘴被下流的話給汙黑了。」

「扉空，你說話真的越來越狠了。」

「謝謝誇獎，如果覺得不滿可以走人，我無所謂。」

「又在說反話啦？」

「我說真的。」

「好好好，你說真的就真的。」

伽米加無奈的笑著，看著鼓著頰咀嚼三明治的扉空，然後從自己盤子挑了一塊炸得金黃香酥的肉排放進對面的盤裡。對上對方疑惑的眼神，伽米加溫和的說著：「雖然說吃超過身體負擔的食物確實有害無益，但那是運用在過度肥胖的人身上，比起一般的男性，你太瘦了，多吃點總是好，一塊肉不會占用你多少胃的，最重要的還是有活力，健健康康的。」

「你是營養藥劑師嗎？」

「基本上只要是人，看見你的樣子應該都會這樣建議。」伽米加晃了晃叉子，垂直向下戳起一塊肉排塞進嘴裡，邊咀嚼邊說。

看著伽米加，再看看自己盤子中的肉排……扉空拿起叉子戳了戳。

肉排上的炸屑掉了幾片，扉空皺起眉，再戳。

「別這樣玩食物，小心被雷劈。」搶過扉空的盤子，伽米加像個護子心切的爸爸，用湯匙拍了拍被戳出幾個窟窿的肉排，拿起刀子把肉排平整的切成十等分，用叉子叉起一塊遞到扉空面前，「吶，直接一口塞，麻煩不要再拿叉子做出虐待食物的行為了。」

盯著叉子上的肉排沉默了一會兒，扉空終於開口，但說出的話語卻差點讓伽米加翻桌了。

「……我不吃速食。」

伽米加嘴角扯了扯，「這不是速食，是營養價值極高、保留原汁原味的炸肉排。」

「我不吃熱的食物。」

「拜託，先生，我幫你吹吹行了吧？」說完，伽米加努力呼了幾口氣，再次遞出叉子，「快吃吧，食物不是拿來這樣玩的。」

「……沾上你口水的東西我不吃。」

扉空說完，伽米加五官都快扭成一團了，恨恨的把叉子上的肉塊咬下，牙癢的說著：「小心營養不良你這挑食的傢伙！」

一支銀叉移到盤子上頭叉走了一塊小肉排，伽米加含著食物瞪眼看著默默將肉塞進嘴裡吃著的扉空，不過對方好像嚼了幾下就停住，掩著嘴，臉色有些難看。

「你不會真的對油炸食物過敏吧？」

扉空沒有回話，而伽米加也當他默認了，趕緊抓著紙巾遞到扉空嘴前，道：「吐出來。」

「唔呵唔……」發出意味不明的聲音，扉空瞥眼看向旁邊，拗脾氣一來，寧願自己嚼到反胃，死也不吐。

「扉、空！」

「唔喝喝唔唔……咕嚕！」

用外星語罵到一半的扉空好運沒降臨，反倒衰運跟著來，連坐在沙發上都能被走過的人撞到，一瞬間便把嘴裡含著的東西吞下肚，下一秒，俊美的臉青成一個高等級……忍住翻嘔的感覺，扉空再也顧不得面子，猛拍伽米加要他去裝幾杯西瓜汁回來。

「好了、好了，快點喝。」風塵僕僕回來的伽米加趕緊將手上的果汁塞進扉空手裡。

一口氣灌完杯中的果汁，扉空整個人瞬間虛脫癱在沙發上。

「剛剛早叫你吐出來，看吧，這下子遭殃難受的是你自己。」

現在是罵他自作自受活該了是吧？到底是誰因為他不吃肉就在那碎碎唸的？

扉空白了他一眼，順順胸口和腹部讓感覺舒緩些後，起身。

「你要去哪？」伽米加邊嚼著肉塊邊問。

「要你管。」

「好歹我現在也算是你的同伴，問一下，要是你太久沒回來，至少還能通報被綁架。」

扉空瞪了他一眼。說什麼夥伴，這傢伙根本就是以氣死他為樂吧！

「所以說——」伽米加晃晃手上的叉子，看著扉空挑眉問：「去哪？」

「……廁所行不行！」

哼一聲，扉空扭頭朝著另一邊的出入口走去。不知道是不是燈光的關係，伽米加覺得那頭漂亮的天藍色長髮似乎有點炫目。

注視著那道背影直至離去，伽米加垂下眼，拉出藏在領內的墜飾，那是如同下墜火燄般的銀色圖騰。獸人的嘆息伴隨著悠然飄蕩的音樂遠去，如同那抹他怎樣也求不回的身影。

離開大廳的扉空沒有如他所言的跑到洗手間去方便，而是回到了早上被他拿來當休息處的搖椅。他雙手抓著坐板，隨著雙腳的推動，搖椅發出鐵面的摩擦聲。

「嘰呀——嘰呀——」

微弱的聲音在靜謐的夜裡被放大數倍。

不知道從什麼時候開始，他開始對每個人都存有戒心，除了碧琳，其他人在他眼裡都像是被上了好幾道鎖，他不想去觸碰，也不想他們來靠近自己。

深吸一口氣，扉空抬頭仰望。

漆黑的夜空，無數銀星閃爍著，本來冰冰冷冷的胸口彷彿跟著那閃爍開始有些發暖。

反正那頭獅子大概過不久就會受不了他的悶脾氣而跑走吧。

無所謂，他知道他自己很討人厭，但又怎麼樣？被人喜歡或被人討厭，他根本就不在乎，他只要知道碧琳不討厭他就可以了……

扉空將臉埋進雙掌裡，「被人喜歡或討厭根本無所謂，我只要有碧琳就夠了……碧琳，妳是不是也只要有哥哥就夠了呢？」

話語如同哭泣般的懇求，直到巨大的船鳴響起，那無法飄散的複雜情緒才被掩蓋而下。

扉空再度抬起頭，金色的豎瞳在夜裡漾著異樣的光芒。

▶▶Loading...

第七伺服器

驚豔！美麗人兒的華麗衣裳！

遠方傳來的鐘聲與進港的船笛融合在一起，布滿人潮的市集響著各式各樣的熱鬧聲音，船員將船上的貨物卸下，侍者揮著手向下船的旅客們道別，繼續載著新旅客航向北方大陸。

「這裡是中央城鎮？」扉空看著眼前的繁華景象，提出疑問。

「不是，我們才剛踏進大陸而已，這裡是艾爾利帕安的北邊港都『蒙德齊』，中央城鎮在艾爾利帕安的中心，也就是要朝南方位，距離這裡還要一個月的路程，前提是沒有休息。」

「一個月！？」而且還是以沒休息為前提。

半信半疑的打開地圖，扉空看了看，拉下臉。

其實系統只會顯示玩家當下所在的大陸的地圖，所以扉空當時在北方大陸也只看到系統提示到達船港的路線，而沒有真正的看過艾爾利帕安的全界地圖。現在一看，他真的很懷疑在這裡究竟能不能找到碧琳，因為如果以地圖裡的比例尺來算的話，艾爾利帕安幾乎跟三分之一個底格差不多大了。

「其實倒也不是沒辦法能夠迅速到達。」

跑去角落陰沉種起蘑菇的扉空瞬間睜眼。

伽米加伸出食指眨眼說：「不過，既然想知道情報就得付酬勞，這是規則吶！」

扉空皺起眉，「你又想怎麼樣了？」

相處到現在，他知道這頭獅子露出笑臉的時候準沒好事，也大概跟他脫離不了關係，肯定是想叫他做些什麼。

「笑一個，我就告訴你方法。」

「去死。」

「誒～別拒絕得那麼快嘛！嘛～不過也是沒關係啦，反正我很閒，也不趕路，花兩、三個月慢慢走到中央城鎮也是沒問題的，不過你這副弱身子恐怕……」伽米加嘖嘖的搖著頭，「那麼我先去市集裡逛逛囉，等你考慮好再叫我。」

雙手背在腦後，伽米加本是作勢走向市集，沒想到才偷瞄了一眼身後，卻看見扉空撇撇嘴，打開地圖看了看，然後直接快步走進左邊連接著小村落的黃土鄉道。

「怎麼就倔強成這樣呢？」

皺起眉，伽米加看了一眼市集入口的小攤販，抓了兩支糖葫蘆付了錢，轉身追往扉空離去的方向。

呿，就知道那頭爛獅子準沒好事，他笑不笑又干他屁事，要他笑才肯告訴他捷徑？

哼！誰希罕，不說就不說，慢了些就慢了些，大不了他用快走方式不吃不喝不睡覺總會早點到吧！

越想越氣，腳步也跟著踩重不少，用力踢走道路中央的小碎石，扉空用力甩手，狠狠的抹了下臉，卻沒想到居然會在此時突然颳起風捲沙，讓他真的變成滿頭黃沙、灰頭土臉。

瞪著前方兩邊站著不停來回走的村民和茅草屋，扉空苦苦的嘆了口氣，拍掉身上的沙塵，抹掉臉上的雜灰，悶悶的握著拳繼續踏著沉重的步伐向前走。

「笑一個而已又沒多困難。」

耳邊出現的聲音讓扉空連頭都不想轉，拳頭更加緊握、腳步更加加快。

「何必那麼倔強，只要笑一個就可以迅速到達中央城鎮，很划算的！……夠了喔。」伽米加直接快步擋在扉空面前。

扉空瞪了伽米加一眼，從他身旁繞過繼續走。

「扉空！」

少年停下腳步，但是並沒有回過頭，而伽米加則是再次繞到扉空面前。陰柔的白皙臉龐沾了沙塵，衣服、頭髮也毫無例外，整體模樣頗為狼狽。

伽米加嘆了一口氣，叫出一條毛巾遞到扉空面前，「擦擦吧。」

誰知扉空的脾氣拗起來是真的會氣死人。他死也不肯接過毛巾，就這樣直盯著地板看，盯到眼睛都快凸出來了還是憋著氣，最後伽米加沒辦法，只好直接自己動手，迅速的單手探往扉空的後腦壓著，毛巾瞬間粗魯的像洗盤子般朝那難看的臉上抹了一圈。

「唔！幹什麼啦你！」甩開比自己粗上三倍的手臂，扉空破口大罵，但同時一支插著三顆紅球的糖葫蘆瞬間塞進他嘴裡，差點害他噎到。

趕緊抓出糖葫蘆，扉空咳了幾聲，本想繼續罵，沒想到望見的卻是這幾天來從沒看過的嚴肅表情，頓時，他像做錯事情的孩子般退縮了。

「有沒有人跟你說過你的脾氣真的挺拗的？」

扉空盯著地板，臉頰也有一下沒一下的鼓著。說他脾氣拗，到底是誰先逼他笑，要笑一下才肯帶他跑捷徑的？

「……算了，走吧。」

手腕被對方拉著往回走，扉空忍不住問：「抓我去哪？」

「還能去哪？照你這樣走下去，在到達中央城鎮前肯定就先陣亡掛點。帶你走捷徑。」

眼前的背影有著無法抗拒的堅決，但也夾雜濃濃的無奈；被握住的手腕感覺有些燙熱，扉空深吸一口氣，扯回手，而這樣的舉動也讓伽米加忍不住發怒了。

「你真想這樣直接走到中央城鎮是……吧……？」語氣漸漸低下，伽米加愣愣的看著用手指扯高嘴角的扉空。

放下手，扉空瞥眼看著路旁，從伽米加身旁走過，語氣嘟囔：「這樣行了吧。」

噗嗤一聲，伽米加捧肚笑了，而扉空則是回頭瞪了一眼，踏著重重腳步繼續往市集的方向走回去。仔細一看，耳根原本應是透明的薄冰似乎染上微微的緋紅。

「沒有死魚臉，不是可愛多了嘛！」

「干你屁事！」

憤恨的話語得到的卻是對方繼續的誇張笑聲。

「去死吧，臭獅子……」扉空臉紅的咬牙，罵著。

現在只是他沒辦法所以必須屈居人下，等找到碧琳之後他一定要擺脫他！絕對！

▲▲▲◎▼▼▼

中央城鎮，又別名「比例斯」，位於人族之地艾爾利帕安的中心，擁有全大陸最繁盛之都的總稱，不過眾玩家都習慣稱呼這裡為中央城鎮。

基本上，中央城鎮處理的事務包括玩家的轉職、各種問題的回報及諮詢、查詢大陸任務的總接洽情況、前往四方各地城鎮的傳輸點，包括神秘之地「非亞」以及一些無法直接從其他城鎮前往的秘境，都需要透過中央城鎮的總傳送點前往。

另外，中央城鎮的商店也是分類最細、價錢公道、最多貨物流通的地方。

中央城鎮在每一年都會舉辦一次「創世競技大賽」，打著獎品優渥的口號聞名，如：第一次的創世競賽就是贈送亞蘭區的領土及城堡一份；第二次的獎品則是贈送五百萬創世幣獎金、二十萬經驗點以及超高效能電風扇；如今第三次創世競賽正在籌備中，據說最近就會發布新訊息，請各位玩家記得密切注意官方公布！

扉空觀望著有著斜塔尖頂，且一座塔接著一座塔、如同階梯一樣層層排列延伸的鐘院式建築，再看看眼前人來人往有著自動玻璃門的大廳入口，撐著額。

這款遊戲的品味果真到哪都讓人不敢恭維。明明就是以中古世紀西洋風為主，但是卻在不同的地方硬生的卡上超現代設備，整個就是微妙的詭異。

「如果要處理職業事務，就是大廳進去左邊的那三個櫃檯。」隨著伽米加的解釋及指引，扉空來到櫃檯。

櫃檯裡，穿著紫色短肩服飾的少女抬起頭，露出了甜美微笑，「您好，我是朵拉拉，請問我能為您做些什麼服務呢？」

「呃，我……」扉空叫出畢業證書遞上。

朵拉拉從扉空手上接過畢業證書，在電腦螢幕前攤開，畢業證書突然「咻」一聲化成光影跑進電腦裡，螢幕上也瞬間跑出一堆數據資料。

「……怎麼了？」伽米加看向黑著一張臉的扉空，問。

「啊，只是還不習慣這種詭異的超現實景象而已。」

底格雖然也有智慧型機械，但可沒這種連紙張都能變成光點吸進電腦的裝置啊……

朵拉拉看向扉空，繼續說明：「我這邊已經幫您完成註冊了，目前您的稱號將會從【初心者】暫時更改為【冒險者】，要取得真正的職稱必須解開密語找到轉職教師才可以。以下是您的轉職密語——**『埋藏於黑道之陽，以盛開金花為路，白色之淚垂憐而下，化為脆鈴亦化為風。』**

那麼，請慢走。」

——請問……她剛剛到底說了些什麼？

扉空嘴抽的看著前方面露微笑的少女，肩膀被伽米加拍了拍。

「這就是《創世記典》的特色之一，要解開密語才能拿到自己真正的職稱。其實解密語很簡單的啦！多想想就會發現其實挺白話的。」

——說是這樣說，不過你那副感嘆的表情又是怎麼樣？

「總之就是要解開謎語才能拿到自己的職稱？」

「沒錯。」伽米加攤開手，笑著搓搓下巴的鬍毛，跟著扉空一起走出事務廳後，指著右邊的街道，提議道：「我看在解謎語前還是先買套衣服吧，線上遊戲的精髓就是要有一件華麗特別的衣服才行！」

扉空上下掃了他幾眼，冷冷回道：「你的衣服也沒華麗到哪。」

沒錯，深綠色的無袖軍裝，V字型的硬板領口連接釦著，黑色的寬板皮帶。若要說華麗，也頂多是領板與袖口連接的兩條銀鍊子和腰間掛著像是鑰匙的流蘇串在添味而已。

「呃……咳咳！難道你不知道軍裝也是華麗裝扮之一嗎？雖然樣式簡單，但是裡面的內涵卻是華麗到不行啊！」

「一聽就像在唬爛。」

「……給個面子吧，先生。」

挑眉，扉空轉身走往剛剛伽米加指著的方向，順便扔下一句話：「唬爛。」

伽米加當場石化，然後「啪」的一聲碎了一地。

——真是個過分的傢伙！

含淚從地上爬起，伽米加追上扉空一起來到服飾店，一進店門，身穿旗袍、有著曼妙身材的老闆娘立刻迎上前，邊咬著菸斗，鳳眼瞇起，「歡迎光臨，請問需要什麼服務？」

「給我一件比這傢伙還要華麗的衣服。」

「喂，針對意思很濃喔！」

不理會伽米加的跳腳反應，扉空一派輕鬆的回道：「是你叫我來買套華麗的衣服，不先定位，人家也很難參考吧？」

視線轉回老闆娘身上，扉空點點頭，一臉認真的說：「就是這樣，麻煩妳了。」

「比那套俗庸的衣服更華麗是吧？包在我身上，咱們這家服飾店除了製作迅速，最大的特色就是華麗不撞衫，量身訂做，保證走在流行的尖端！」

喂，當初我這套衣服就是在妳這裡訂做的，妳這樣不正是自打嘴巴嘛？要搶客人也不是這樣的吧……伽米加鄙視的想著。

「但同樣的，我們訂做的衣服也會依照材質及樣式、工序來訂價錢，基本底價為三十萬起跳，最高就看你訂做什麼樣的服飾了。」

「三……三、三十萬！？」

這下換扉空錯愕了，他還以為就算是訂做服飾，也跟現實差不多行情，看來遊戲裡的貨幣制度真的要找時間好好來研究清楚才行。

背過身打開裝備欄，查看細數最底下顯示的五位數，扉空咋舌。這樣看來，別說華麗了，可能連跟那套軍裝差不多Level 1的都做不出來。撫著額，扉空一想到自己居然連衣服都比不過伽米加，就覺得以後的日子大概也沒什麼趣味，黑暗到他想直接撞牆暈死過去算了。

「那麼就幫他做一套合適的衣服吧。布料就挑選舒適、質感好些的，其餘的自由發揮，總之條件就是，要一件非常適合他的華麗衣服。」

背後突然傳來的聲音讓扉空錯愕了，他趕緊大叫：「別自己下決定！我又沒……沒……」

伽米加晃了晃自己左手上同樣有著三顆寶石的銀色臂環，聳肩道：「我當然知道你沒錢，剛剛在船港賣兔狼獸的東西頂多賣了一、兩萬，你又一副新手樣，一看就知道沒打過怪，當然身上肯定也不會有多少錢，所以我先幫你付了，之後賺了再還我吧。」

扉空一愣，悶悶的低聲說：「我又沒要你幫我……」

雖然對方這麼說，但一路上兩人的相處情況也讓伽米加大略認識了扉空的個性，他知道扉空總愛藏著話，明明就想買件衣服比過他卻還說不要，這傢伙大概不知道自己的表情完全露出所有的心思了。

「好好好，算我逼你的。」伽米加無奈的笑著搖搖頭，「這樣行了吧？」

「……我會還你錢的。」扉空不敢直視的眼裡漾著期待，只是倔著不肯露出。

「那麻煩拿到衣服後就趕快打怪、解任務籌錢，期限一個月，遲一天就Double喔！」

「放心吧，我絕對不會遲還！」

「哈哈！希望說到做到！」

調侃著扉空，對方氣悶的表情讓伽米加不亦樂乎。不過玩歸玩，正事還是要辦。

伽米加轉身繼續和老闆娘討論衣服的細節，然後老闆娘拿出一條皮尺開始幫扉空量身段，一邊在紙上記錄，最後請兩人在兩個小時之後再來取貨，接著便走進店後方的隔間。

「那麼……空檔時間我們就去附近吃午餐吧！」

扉空現在沉陷於苦惱狀態。

是的，雖然不太明顯，但是從進到港口市集、搭乘傳輸系統來到中央城鎮繳交畢業證書、前往服飾店訂做服飾、又跑到附近的餐廳吃午餐，本來還沒意識到的微妙感覺變得越發明顯。

不，那簡直就是光明正大的壓迫了！

扉空黑著臉跟在伽米加身旁，身後是一堆閃閃發亮的雙眼，旁邊傳來諸如此類的對話——

「你看到了嗎？剛剛那個人的瀏海飄起來時我看到長相了，超正的耶！」

「不知道她有沒有男朋友，喂！小蝦，我們一起過去問問看吧！」

「哇塞——好漂亮的大姐姐喔！」

——夠了！那群傢伙……

「看清楚！我是男的！」扉空直接轉頭對著群眾發出怒吼。

可惜處於興奮狀態的腦子是吸收不進去的，反而有加重病症的趨勢。

「哎呀，生氣起來也是另類的美呢！」

「看起來是個傲嬌型的，居然因為害羞就說自己是男的……」

——行了，讓我死了吧……

「哈哈哈哈！看起來你很受歡迎呢！」比起扉空的苦惱，伽米加反而幸災樂禍。當然，結果他又再次被瞪眼攻擊數十次。

「早知道就直接選獸人種族了，我真不該用隨機抽的……」

聽著身旁的嘟囔，伽米加垂眉笑著，「我倒覺得你要是選獸族的話，可能會有更糟糕的結果，想想看你的長相配上兔耳或是貓耳或是狐狸尾……」

「天啊！超萌！」後頭傳來了鼻血爆噴和倒地的聲音。

扉空無言，而伽米加則是聳聳肩，露出「你懂了吧」的表情。

不耐煩的扒亂瀏海，扉空深深的覺得他應該去買顆動物頭來戴著，雖然麻煩，但至少不會有一堆人盯著自己看，因為那真的會讓人覺得煩躁。

「好了、好了，別悶了，大不了領完衣服後看你想去哪，也可以到城外的森林邊打怪邊解謎，如何？」

「我還有別的選擇嗎？」

扉空轉頭瞪了身後的人群一眼，快步走進服飾店裡，而老闆娘則是捧著一套摺好的衣服咬著菸斗迎接。

抓過衣服直接衝進更衣室，扉空現在腦子裡只剩下快快換完衣服便快快離開這滿是人的地方的想法。

混亂的腦袋在抖開衣服的那一瞬間愣住了。這、這到底是……

那是一件翻摺領口的水藍連帽長袍，看似是分開式的，但卻是一體成型。脖子有著緊貼式的黑皮項鍊，項鍊尾端連接出五條小鍊接著內領。從胸口的蓬布連接出一條白色金紋的領帶，左胸則是別著一顆戴著金鍊流蘇的紅色六角寶石，延伸出的鐵鍊接別在連接著領帶的蓬布上，胸前更有著一顆雪花晶鑽。

兩邊的袖子是薄紗式長袖，袖口連接著金色環套，而左邊的下臂則是纏繞著如繃帶般的彈性布料，肩膀處有著兩條白色的垂帶，垂帶上頭有著金與橘如同水波般的鑲紋，腰間也用著相同的布料製做成一條寬式腰帶。

下半身是如水裙般的樣式，內套白底寬褲，前後則外蓋著與領帶相映的寬板裙布，側邊則是小一號的長布，上頭同樣有著橘與金色的紋飾。而這套衣服更特別的地方是布料，那是一種漸層式的柔布，從肩膀到裙襬是一種輕到重的水藍底。

看著鏡中換好衣服的自己，扉空開始深思自己是不是該出去。原本樣式單調的新手裝倒還不會怎樣，但現在穿上這套衣服卻連他腦中也不由自主的冒出一個詞——

女人。

額頭用力撞了下牆壁，扉空已經有想重挑衣服的打算了，這次就算給他比軍裝還要低等的衣服他也不會說什麼，還會滿心歡喜的接受。

好，那就換衣服吧！

握了握拳，打好主意的扉空正要轉身拿起舊衣換回，卻被突然拉開的門簾聲嚇了一跳，整個背貼在鏡子上。眨眨眼，獅子呆愣的表情讓他遲疑了一下，最後做出很耍白的舉動，右手像是海葵般轉動縮放著，一邊低低唸道：「你看不見我，你看不見我，你看見的是幻影，我才不會穿著這麼女生的衣服……」

獅子沉默了幾秒，然後轉頭大喊：「老闆娘，付帳！」

「都說了我不穿這套衣服了！」扉空直接扯住伽米加的領口。

他在亂喊什麼，都說不穿了！

「挺好看的啊，而且很適合你耶！你不是說要比軍裝華麗的衣服？這套棒！」拍拍扉空的肩膀，伽米加豎起拇指，瞬間轉頭再喊：「老闆娘，付帳！」

扉空胡亂的抓住他的嘴，低聲威脅：「都說我不要了，我才不想……不想穿著連我自己都覺得……不想……穿……」說到最後，扉空支支吾吾說不出完整的話語，臉頰還有些紅紅的。

「所以你也覺得自己像個貧乳的女人嘛！」

「去死！」

聽著扉空的詛咒性發言，伽米加沒有任何不高興，反而哈哈大笑著，拍了拍他的頭頂，卻被狠狠撥掉，伽米加笑得更開心了。

他很好懂，真的很好懂，雖然嘴巴掛著不太好聽的口氣及話語，但說穿了只是怕被別人看出心思而急想掩飾自己情感的舉動。這樣單純的人，如果不看緊點說不定很容易被人找麻煩，那可不行呢，是吧？

「好了、好了，醜媳婦總要見公婆的，快出來吧！」

「都說我不要了……」

「喔，換好啦？還有鞋子和髮飾喔！」

兩人看了左手提著鞋面裝飾著金鍊流蘇的褐色靴鞋、右手拿著刻著花紋的金飾的老闆娘一眼，然後又繼續做拉扯運動。

雖然扉空一直死命的扳著門邊做出強烈的抵抗，但最終還是敵不過伽米加本身的種族優勢，三兩下就整個人被扛起送到老闆娘面前。

「放心，姐姐會很溫柔、很溫柔，絕對不會弄疼你的……」

曖昧的話語反而讓扉空第一次嚐到欲哭無淚的滋味。只要他一站起身，就會被伽米加壓回椅子上，反反覆覆的動作使得他也累了，最後只能自暴自棄的任由老闆娘擺布。

塗著豔紅色澤指甲油的手指拿著梳子流暢的梳理著長髮，老闆娘先從兩側邊抓過一束髮拉至後腦，打個圈，接著拿起如同盛開水晶花的髮飾固定在交接處，攏起幾近拖地的髮尾，往上抓個十公分倒摺，再套上五公分長的金色柱狀的琉璃髮圈固定。

梳好瀏海和兩邊預留的銅紅側髮，老闆娘咬著菸斗抓起旁邊的大面鏡子舉到扉空面前，一臉傲容的問：「還滿意嗎？」

扉空簡直悲哀到想哭了，因為髮型，他反而更像女人了。

「超滿意，結帳！」伽米加豎起大拇指，和老闆娘到一旁付錢去。

結帳個屁啊！他有說他滿意嗎？

比起興奮的伽米加，扉空則是開始考慮要不要把頭朝旁邊的牆壁撞去。無數黑線壓在身上，他已經對之後的日子深感絕望了。

風和日麗，綠葉枝枒，美麗的風景、美麗的山河、美麗的鳥鳴、美麗的……

「看什麼、笑什麼！」

美麗人兒扉空終於受不了發怒了，並且將剛敲死一隻果凍獸的鍵盤狠狠摔在地上，誰知鍵盤竟反彈撞到自己的下巴。

吃痛的揉著印上紅痕的下巴，扉空瞪向憋著臉笑得更誇張的獸人，然後舉起腳，狠狠的踹在一旁的樹幹上。不過，有一就有二，踹了第一腳就會想踹第二腳，尤其是旁邊還有一隻不停捧肚大笑的獅子，這讓扉空的心情更加不爽，一連就踹了十幾腳，直到因為腳滑而拐疼了才恨恨的停下殘虐植物的舉動。

「其實真的沒什麼不好的，我說……嗯……你的華麗衣服……噗嗤！」

——噗嗤你個頭！說到底還不就是你隨隨便便說結帳！讓我換件平凡點、男性點的衣服不是很好嗎？

想起前幾個小時出城時造成的騷動，扉空很不想再回到城中，偏偏他又接了打羅角的任務，一定要回去回報才有錢賺。

「其實我覺得挺好的，只是不知道為什麼你不滿意，比我有著華麗內涵的軍裝更華麗耶！」

伽米加拍拍黑著一張臉的扉空的肩膀，用著語重心長的語氣道：「你該知足。」

「啪」的一聲打掉肩上的手，扉空撿起地上的鍵盤用力一甩，旁邊跳出來的小角獸瞬間被打回草叢裡。他用鍵盤指著伽米加的鼻頭，冷冷道：「比起你們，我知足多了。」

那是夾雜著現實世界中的情緒。

沒錯，比起其他拚命要求著各項物資、欲求不滿的人類，他要的很單純，只要碧琳能夠好起來，就只有這樣的願望而已。可惜的是不管他如何祈求，卻總是無法實現。

「知足是知足，不過總有不滿足，不然你就不會對這衣服有意見了。」伽米加擋開鍵盤，裝模作樣的伸手推推臉上不存在的鏡框，用著偵探式的語氣道。

「有種你去穿件洋裝試試看，如果你滿心歡喜的接受那我就認了！」

「……也許下次可以試試看。」

看著捶掌的獅子，扉空徹底放棄了。這傢伙根本就是徹頭徹尾老天派來整他的吧！鄙視著，扉空決定忽略眼前那討人厭的白目，抓著鍵盤轉身繼續走。

「喂喂，你去哪？」

「發！洩！」

鍵盤揮出，又一隻可愛的小角獸遭殃了。

▶▶Loading...

第八伺服器

少年啊，汝真正的心願是……

在現實與夢境兩邊跑的日子，扉空也開始掌握了《創世記典》的步調。

這裡是個極度不符合常理的世界，有各種稀奇古怪的植物和動物，有分類不同種族降生的廣大陸地，有各式各樣種族的玩家，有廣大無邊境的天空……另外，現實的兩小時等於遊戲裡的一天，所以他每日都有約五天的時間可以賺錢還債。

是的，因為買了這套衣服，所以他欠了那頭獅子將近五十萬的創世幣，而一天他差不多接三個任務，算一算平均下來五天大概可以賺六千到一萬不等……他到底要賺到什麼時候啊……

夾雜嫩芽味道的微風颼過鼻間，扉空抬起眼，看著在金色光點包攏下踏出的身影，手指纏繞的絲線也瞬間拉緊。

「嗨！扉空，你特地在等——啊噗！」

突然摔倒的伽米加甩甩頭，吐出嘴裡的沙子，轉頭一看，右腳的腳踝纏繞著一條藍色絲線，而絲線的尾端則是延伸到扉空的手指上。

「摔得真好看呢。」扉空托著下巴，露出饒富趣味的眼神。他絕對不承認他是藉機報復。

「惡作劇是不好的行為呦。」

雖然是笑著說，不過仔細一看還是可以看見伽米加的側額有著類似青筋的東西冒出，雙手也握拳互撞了幾下。

「誰說我是在惡作劇？只是剛抓完果凍忘記把線收起來而已。」扉空聳聳肩，起身開始收捲著線，拉到停頓點時還叫伽米加自己解開纏住腳的線，才又繼續捲著，最後將收整的線圈收進裝備欄裡。

「我還有『米加斯的籃子』、『艾莉娜的風鈴材料』以及『羅多克雅的夢境』等材料還沒蒐集完，要先打哪種？」

難得扉空自己提問，原本要來一聲獸吼下馬威的伽米加立刻卡住聲音，眨了眨眼，改為沉思的表情。

「艾莉娜的風鈴材料雖然要到再過去的土產森林才可以蒐集得到，數量也比較少，不過比其他的任務材料要近得多了，怪的等級也比較好打，就先解那個吧。」

「土產森林……」

是的，在《創世記典》裡有著非常多的森林及村莊，但是名字怪異的也是一堆，比如說剛剛伽米加提到的土產森林，那是位於中央城鎮南邊方向「米米森林」再過去的、以鐵杉木為主的巨大森林，據說裡面有埋藏礦石的豐厚土壤，還有會結滿像是烤雞、烤鴨、蚵仔煎、鳳梨……等樣子的果實的樹木，而且某座由玩家所建立的城鎮就在森林的中心。

不過這些都是「據說」，跟《創世記典》還稱不上熟的扉空自然把它歸類到「要親眼見到才可以算有」的地方。

「怎麼就不能有個地方是正常且合理的？」明明已經見識過一堆不合理，但扉空還是希望有個合理的地方能安撫他被驚嚇無數次的心靈。

「就因為是不合理，所以才是在玩線上遊戲啊！如果所有的東西都跟現實一樣，那還有什麼樂趣可言？」伽米加從扉空身旁走過，在那透著明亮光線的道路回頭笑著說：「正因為不一樣，所以才會顯得特別。」

笑容燦爛如陽，那樣子的伽米加竟讓扉空無法反駁，只能垂下眼，輕聲回道：「也許吧。」

正因為不一樣，所以才會覺得特別。無可否認他是喜歡這個世界的，這裡是很特別的一個地方，需要特別的相處方式，不知道碧琳在這個世界裡又會是什麼特別的模樣呢？

伸手摸摸耳根，扉空淺淺的笑了。也許他該去問問她的種族才是，多問幾個線索應該也不為過吧？不然這塊陸地這麼大，說實話也挺難找的。

「對了，你們冰精族都是長那樣嗎？」伽米加指指自己額頭。

「好像是吧，種族區別標記。」

「那麼你長相這麼女人也是因為冰精族囉……長得那麼MAN也是因為冰精族！抱歉！我說錯了！」伽米加看著眼前高舉的鍵盤，趕緊討好式的換了形容詞。

這時扉空才慢慢放下鍵盤，不過還是一直瞪著伽米加就是了。

伽米加搔搔鬢毛，撇頭且極小聲的碎唸：「哎呀，幹嘛這樣～雖然我也知道你討厭別人說你像女人，不過有時候就是會不小心脫口而出嘛！」

甩甩手，扉空不做回答的走向前頭。

伽米加趕緊跟上，又道：「好啦，是我不好、管不住嘴！其實這也沒什麼好氣的，你說是不是？」

一句發言，再次得到瞪眼，伽米加趕緊舉起雙手做出投降狀，「都是我的錯，您就原諒小的了吧，大人——」

扉空不做回應，繼續往前走。

而伽米加又趕緊黏上，用著像是被魚刺梗到的嗓音道：「大人——」

「噁心死了！」

「這一切都是為了大人您啊！」

「走開啦！」

「大人，您怎麼忍心這樣對待小的，好歹小的也『身體力行』陪著您好幾天了……」

看著不知從哪變出一條手巾拭淚的獅子，扉空無言了。

「夠了喔。」

伽米加扔掉手巾，彎著腰與扉空平視著，苦笑問：「消氣了沒？」

「不知道。」

看著轉身繼續走的背影，伽米加無奈的吐了一口氣，習慣性的將手背在後腦繼續跟著。

這樣……到底是算消氣了，還是沒消氣呢？要不要再把某個久遠的經典臺詞搬出來呢？比如說「娘娘，您乾脆就殺了●今吧！」諸如此類的，不過不知道喊出來會不會反而引起負效果，說不定鍵盤就直接塞進他嘴巴裡了。

嗯……這是個該認真考慮研究的問題。

伽米加第一次陷入苦惱中。

「那火就交給你顧了，我去找點食物，你就坐在這裡別亂跑，知道嗎？」

伽米加把一堆細木柴抱到扉空身旁，量了一下投擲的距離。

嗯，兩公尺應該扔得到。

滿意的看著測量完的距離，將手上拿著的樹枝塞進扉空的手裡，笑著問：「可以吧，知道你不能碰火，所以讓你用扔的，這樣的距離剛剛好，直線扔過去OK的，除非你的投擲能力非常有問題……」

扉空挑眉，手一抛，樹枝在空中轉了幾圈，在落回手心的同時他往前一扔——

「刹！」

樹枝不偏不倚的插進火堆中心。

「……我已經知道你是個神投手了。」沒想到會用行動直接表示，看來真是個有著很強自尊心的人。伽米加邊想著邊揮手，說聲：「先走囉！」

「快滾。」

伽米加笑著跑進樹林裡，在腳步聲漸漸遠去後，空地只剩下一團營火以及扉空，火焰將影子拉長映在樹幹上，看起來多了一層孤單。

沒想到聲音一靜，現在倒覺得有些不習慣。

其實一直以來，他來往的區域只有打工的地方和醫院，在中途的時間點總是獨自一個人。原本他不會覺得怎麼樣，直到被經紀公司招收，並且有了石川這位經紀人之後，他的生活才多了一點變化。

從不習慣變成習慣真的很可怕，他開始要習慣身旁會多一個人，走在路上都有可能會被群眾圍觀，其實……他很討厭這樣的生活，真的很討厭，畢竟沒有任何一個人會願意何時何地都得被一雙、十雙、百雙的眼睛注目著，但是如果他說出「討厭」的話，碧琳就得回到那醫療設備不齊全的小醫院，所以無論如何，他都不能說出「討厭」這詞。

即使討厭，他仍得表現出自己其實還有百分之五十一的興趣；即使討厭，他還是得去做那些事情；即使討厭，他一樣要面對那幾百雙直盯著自己瞧的眼睛；即使討厭……他也不能說出討厭，又或者該說，每當產生厭惡的情緒時，他只能告訴自己「想想碧琳」來壓下那股煩躁感，然後繼續做著自己不感興趣的事情，強迫式的露出僵硬的笑臉。

但他……真的討厭嗎？

腦中突然冒出的問句讓扉空一愣。

樹枝在火焰中劈啪一聲被燒斷，扉空垂下眼。

他討厭什麼、喜歡什麼，其實就連他自己也摸不清、猜不透。

他討厭人群、討厭被人看著，討厭以公司的立場去簽下任何合約、接下任何活動，討厭讓自己活在別人的安排中，討厭站在這個充滿自以為是的社會裡——

……但他不討厭唱歌。

不過，喜不喜歡卻說不出來，唯一知道的就是當他站在舞臺上時，他變得不討厭那種直盯著自己的視線。

或許多多少少是因為碧琳的關係吧。因為他知道碧琳在看著，所以他可以忽略舞臺下的吵雜音量，只感受那透過電視望著自己的溫柔視線。

入夜了，星辰開始顯眼，扉空看著天頂的景象微微閉眼，四周很安靜，聽得見風吹動樹梢的聲音，聽得見蟲鳴鳥叫的聲音，聽得見……

猛地睜開眼，扉空往旁邊一跳，在地上翻了滾，而一聲劃破空氣的聲音頓時傳入耳膜。

叫出鍵盤緊握住，扉空警戒的盯著剛剛發動突襲的傢伙。

紅色眼瞳帶著緊盯獵物的凶光，熱氣從開合的獸嘴散出。

啊……這次的怪物總算合乎常理性了，一隻比他大上兩倍的狼人，讓他看看對方叫什麼……

LV. 34 狼人？

居然連名字都正常到不行。看了那麼久的不正常生物，現在來了一個正常型的怪物還真有點不習慣啊！雖然心裡這樣吐槽著，但扉空並沒有放鬆，反而眼神更加警戒了。

狼人一邊滴出擴散熱氣的口水，然後蹬腳朝扉空衝來。

扉空緊緊咬牙揮出鍵盤！

「喀啪！」

狼爪與鍵盤相抵住，扉空抓著武器的手因為過度出力而顯得微微顫抖，但他可不敢隨便鬆懈，畢竟現在伽米加不在這裡，也不知道他什麼時候才會回來，要是使出上次那個招式，假如沒立即打死這傢伙反而讓自己體力耗盡倒地不起，到時絕對沒活路。

腦子裡思考著對付狼人的方法，沒想到抵擋的武器卻在此時傳來崩裂的聲響，狼爪一點一滴的陷進鍵盤裡，下一瞬間，衝破鍵盤的格擋！

零件在眼前散開，扉空只能錯愕的瞪大眼看著狼爪向自己揮來！

藍色的身影形成拋物線飛出去，狠狠撞在樹幹上。

疼痛讓扉空幾乎暈厥，但一想到如果真的暈過去可能會有的淒慘下場，他只好壓著撞傷的肩膀趕緊爬起來，一跌一撞的衝進旁邊的草叢裡。

身後傳來的狼嘯讓扉空不敢停下腳步，一邊回頭看著追在身後的狼人，一邊閃過樹枝奔跑在黑夜的森林中。他只能靠著微弱的月光來確認路徑，因此很多地方完全看不清楚，樹幹後方與草叢中藏著、埋著什麼東西也不知道，突然腳下一鬆，扉空整個人瞬間往前滑，撞出如同屏障般的草叢，滾下山坡。

天旋地轉，原本發疼的身子因為滾動而撞得更加疼痛，苦難直到到達坡底才停止。

身上的骨頭與四肢叫囂著彷彿快散架般的疼，扉空勉強睜開雙眼，但連自己身在何處都看不清楚。

淡淡花香伴隨著黑暗席捲而來，扉空只能任由沉重的眼皮闔上。

「劈里啪啦——」

伽米加錯愕的看著像是被颱風掃過的營地，樹枝散亂，火堆近乎熄滅，黑色的鍵盤變成破碎的零件散落在草坪上，淒慘萬分的情況讓伽米加心底第一次揚起驚慌。

「扉空——」

他大喊，沒有人回應。

這讓伽米加更感到不安，抬頭嗅了嗅，熟悉的氣味如同牽引的銀線讓他定了眼，轉身跳進左邊的樹林裡。

除了扉空的氣味，他還聞到了一股野獸的味道，隱隱約約吞噬著那已經很微弱的氣息。

他加快腳步在森林裡不停的奔跑，月光將葉片染上銀白色彩。

瞬間，伽米加停下腳步，一步一步的走向越來越濃重的氣味處，獸瞳讓他在黑暗中依然能看得清楚，最後他撥開擋路的樹枝，跨過草叢。

四公尺高的山坡下，是一具倒地的孤單身影。伽米加趕緊朝前用著獸掌及兩腳來做緩衝滑到坡底，抱起昏迷的扉空。

對方的臉龐在月光下更為蒼白，臉上還有著無數擦傷，身上的新衣也沾上草屑及泥土，左腳的鞋子脫落在旁，伽米加還聞到扉空身上有著血的氣味。他小心的拉開扉空的衣領，肩膀的爪傷讓伽米加憤怒的朝著地上打下一拳。

他真不該放他一個人在那裡，就算被瞪被罵被白眼也應該帶著他一起行動的才是！否則現在也不會……

可惡！

右手狠狠握拳再度擊往地上，伽米加很懊悔，但也在此時看見了自己獅爪般的雙手，他摸了摸自己的臉龐。

對了！他怎麼會忘了，這裡是《創世記典》，是線上遊戲的世界啊！要是玩家受傷的話就必須……

叫出傷藥和紅藥水，伽米加抬高扉空的頭，小心翼翼的將藥水依序倒進扉空的嘴裡。

藥瓶空底，伽米加看著漸漸消失的傷口，終於鬆了一口氣。

許久之後，懷裡的人眼皮動了動，隨後緩緩睜開眼，金色的豎瞳起先帶著迷惘，隨後落在他身上。

「扉——唔！」

伽米加看著突然翻身壓在自己上方、掐住自己脖子的藍髮少年，他雙手抓住那纖細的手腕，想使力，卻發現對方的力氣竟大到他無法掙脫，窒息的感覺讓他只能發出低啞的嗓音：「扉……扉空……」

「我們……到底做錯了什麼？」

少年的話語讓伽米加一愣，掐著他的手指更縮緊了些。伽米加咳了幾聲，撐開瞇起的雙眼，映入眼簾的是如空洞般的神情，低吼的話語帶著如暴風般的恨意——

「我們到底做錯了什麼！」

▲▲▲◎▼▼▼

「哥哥！科斯特哥哥！」

身後傳來的呼喚讓扉空回過頭，映入眼簾的是一名七、八歲的女孩，女孩剪著一頭可愛的短髮，穿著短肩的白色洋裝以及紅色娃娃鞋，小嘴露出燦爛的笑容，碧色的大眼帶著笑意，然後她喊——

「科斯特哥哥！」

啊……對了，她是……

「碧琳。」

掩飾的裝扮消失，扉空變回了科斯特的模樣，但他並不覺得有任何奇怪的地方，他沒有覺得自己身處的空間奇怪，沒有覺得眼前的女孩奇怪，反而覺得「這才是」正常的。

「哥哥，快一點，爸爸和媽媽在等著呢！」

小小的溫暖掌心握住他的手，拉著他往前跑。

白色的空間開始一點一滴出現彩色的建築，戲劇小屋、旋轉木馬、雲霄飛車、小丑、人群、彩色氣球……

最後他們停在摩天輪的排隊人潮後面，前方的一男一女回過頭，對他揮了揮手。

雖然看不清楚樣貌，但他知道他們是誰，也知道他「應該」要上前，應該要回應——

「媽媽……」

接下去的詞彙他發不出來，像是東西卡在喉嚨般，只能發出「啊、啊」的聲音。

為什麼喊不出來？他應該要喊出來的！

「哥哥，你怎麼了？爸爸和媽媽在等著，我們快點走吧！」

——不要過去，那個人在那裡，不要過去……

心裡有著另一道聲音在拚命喊著，前方的碧琳睜著困惑的眼看著絲毫不動的他。

「哥哥，怎麼了？」

有哪裡不對勁？「那個人」是誰？為什麼他沒辦法喊出那稱呼？

還有眼前的碧琳……

為什麼他會覺得有什麼地方不和諧？

好像不該是這樣，碧琳應該是……

「因為，如果可以跟哥哥一起走在路上的話該有多好，我說的不是哥哥揹著我，而是我靠著自己的雙腳走著，因為不可能，所以只要在那個世界裡頭就能跑能跳，可以和哥哥一起玩。」

聲音如同秋風吹起了漣漪，眼前的女孩一瞬間變成了坐在輪椅上的少女，所有的景物突然變得刺眼。

啊……他想起來了，想起自己「本來」就不該再喊出那個稱呼，想起「那個人」是誰，想起他對他們做過的傷害。

唯一想不起的是那個人的容貌。

他一步步緩慢的走向前，來到那對依然帶著笑容的夫婦面前，雙手顫抖著舉起，然後慢慢的放在男子的脖子上，逐漸縮緊。

「我們……到底做錯了什麼？」

低啞的聲音存有壓抑，科斯特瞪著眼前露出微笑的夫妻，一切的一切讓他覺得虛偽，手指一點點的壓下，看著男子依然未變的微笑，他低吼：「我們到底做錯了什麼！」

憤怒崩解了世界，眼前的人影消失不見，歡樂的世界瞬間變成染著夕陽餘輝的廚房，廚具掛在牆上滴著水，長型的木桌上放著四個裝滿晚餐的瓷盤，冰箱的運轉聲、茶壺的鳴笛、電鍋因為蒸飯發出的碰撞聲音。

扉空看著空蕩蕩的手，握著拳。

原本熟悉的地方現在卻讓他覺得悲哀。

「我們，到底做錯了什麼？」

哀悽的聲音夾雜著淚水，那是對以往回憶的怨懟。他不懂為什麼別人擁有的，他和碧琳卻無法擁有，他不懂為什麼他們只能羨慕別人而恨著自己的過去，他不懂為什麼原本擁有光明的碧琳現在只能坐在輪椅上倚靠別人才能行走，他不懂為什麼他的希望始終都無法實現！

「為什麼要這樣子對待我們……」

其實他要的很簡單，他唯一的願望只有……

「科斯特。」

突然響起的溫柔語調讓科斯特一愣。有些困難的吞了吞唾液，但他不敢回過頭，只怕期待會落空。

他只是想要有著別人也擁有的幸福家庭……

「科斯特，我準備了晚餐，一起吃好嗎？」

帶著暖意的手掌握上了科斯特垂在身旁的手，牽引著他轉身坐到椅子上。

對面的女子露出了溫柔的微笑，從自己盤中夾了幾塊滷肉放到科斯特的盤子裡。

「我們家的科斯特正在長大，多吃點。」

不知為什麼，科斯特只能拿起筷子，顫抖的夾起肉塊放進嘴裡咀嚼，熟悉的味道一如記憶中帶著幸福。

眼淚順著臉頰一滴滴的落在桌面上，科斯只能默默的吃著熟悉的飯菜，一邊抹著眼淚，然後吞下。

「其實我一直在想……」

科斯特抓著盤子的手有些發抖。

「能生下科斯特和碧琳，真的是太好了。」

抬起頭，眼前的笑容洋溢著幸福與真心。

科斯特站起，隔著桌子伸手抱住了女子，藏在心底最深處的呼喚也隨之傾吐：「媽……」

女子垂下眼，輕輕的回擁住他。

「我們家的科斯特長大了……」

擁抱女子的雙手縮緊了些。

「比以前帥多了，只不過不愛笑是個缺點。」

滴落在女子肩膀的眼淚染溼了衣物。

「啊……真想快點看見科斯特交女朋友。」

緊咬的牙忍住不讓自己發出哭聲。

「我愛你，科斯特。」話語，讓科斯特終於崩潰了，大片淚水再也克制不住的潸潸落下。

「很抱歉沒辦法陪著你和碧琳一起成長，我知道我虧欠你們太多了，但是我還是這樣的希望著……」女子往後一退，看著科斯特哭迷糊的臉龐噗嗤的笑了，「希望碧琳能長成一名溫柔且讓人稱羨的好女孩；希望科斯特能成長為一名既堅強……也帶著柔軟的好男孩。」細瘦的手指貼在科斯特的胸口，女子輕聲說：「擁有如同清脆響鈴般的堅韌，也保持著時時刻刻柔軟的內心，面對任何事情都能夠堅強，面對他人都能溫柔以待。」

「不要扔下我……」

女子垂了眼，拉起科斯特的手拍了拍，望著他溫柔的微笑著。

「我知道科斯特一定可以照顧好碧琳，也會好好照顧自己，不管今後遇到什麼問題都一定能夠迎刃而解，即使悲傷也能走下去，再度露出笑容面對每一個人，因為科斯特是那麼的善良、那麼的勇敢……」

「不要扔下我和碧琳！」

抬起的臉龐滿是悲傷與淚水。他可以什麼都不要，只希望這個曾經陪伴著他們兩兄妹的溫柔可以留著，不要再離他們遠去，因為他不想再經歷相同的悲傷。

帶著熟悉溫度的掌心靠在臉頰，科斯特一愣，握住了那隻手，而女子則是露出了坦然的笑意，「好孩子，回家吧。」

光點一點一滴的從女子的腳邊飄了上來。

微笑著，女子再次擁住科斯特，輕聲說：「你永遠都是媽媽的好孩子。告訴碧琳，我愛她……」

光點漸漸向上侵蝕著女子的身體，而科斯特只能這樣抱著對方，努力忍著不哭出聲，聽著女子說著當初來不及交代的叮嚀。

最後，白色的光線占滿整個空間，將兩道身影融進那片白光中……

▲▲▲◎▼▼▼

模糊的視線像殘影般晃動，當眼神定下後，扉空看著眼前被掐住脖子像是快斷氣的獅子頭，再順著掐住伽米加脖子的手臂往上看，發現到是自己的手後，扉空立刻「哇」的趕緊放開，而伽米加則是吐出了像是靈魂般的東西。

「抱、抱歉……你沒事吧？」

「差點……咳咳！差點……死了……咳！」

咳了幾聲，好不容易順了呼吸後，伽米加才揉著脖子，有些哀怨的瞪著扉空，「你剛剛到底是怎麼回事？」

……怎麼回事？

扉空皺起眉，手掌摸向額頭。

「我也記不太清楚……不過，好像做夢了……」

雖然記不清楚內容，不過好像是個很溫柔、很溫柔的夢，因為胸口的地方覺得暖暖的。

在扉空陷入剛剛夢境暖意的沉思時，耳邊突然傳來伽米加略微尷尬的聲音。

「那個……雖然我是不介意，不過你要不要先起來一下？」

扉空順著伽米加的視線低頭一看，臉上的笑容瞬間垮下，冷冷的問：「你躺在下面做什麼？」

「是你突然發瘋整個人翻過來掐著我的脖子不放。」伽米加語氣冷靜的陳述事實。

「那大概是平常覺得你太欠扁的累積爆發症候群吧。」

「在你眼裡我真有欠扁到非得掐死我不可？」

扉空托著下巴思考了一下，重重的點頭：「有。」

「啊，我感覺我的心破了一個超大的洞，不知道要多久才可以補起來……」

看著捧心哀哀叫的伽米加，扉空終於噗嗤的笑了，這讓伽米加瞬間看傻了眼。他何時看過這傢伙這樣笑著？連微笑都勉強的扉空現在居然笑了！

臉頰一冰，扉空停下笑聲，好奇的抬起頭，而伽米加也注意到夜空中落下的物體。

白色柔點帶著冰涼的溫度，在月光的反射下閃爍著銀白色彩，如同遺落大地的星辰，那是種震撼的美。

扉空伸出手，看著白雪落在掌心。

因為種族的關係，冰雪並未融化，而是靜靜的維持著圓點綿柔的狀態。

「埋藏於黑道之陽，擁抱悲傷的人啊……」

突然出現的聲音讓扉空猛地站起，四處張望，卻沒看見任何人影。

那是宛如歌唱般的和悅聲音，分不出男性或女性。

然後，聲音又繼續傳出——

以盛開的金花為路，拾起勇氣踏往向前吧！

天空將為你落下慶祝的白色淚水，

憐惜你的傷痛，化解你的憎恨，

我的孩子，抬起頭吧！

不要讓絕望占領你的意志！

不要讓悲傷統領你的一切！

展開笑顏，成為擁有脆鈴般剛強意志的人……

亦化為帶著如風般溫柔之心的人……

「當汝真正明白的那一刻，汝便會看見屬於汝的那條道路……」

扉空轉過頭，迎面拂來的夜風帶來了旋飛舞動的金色花瓣，與飄下的白雪融合在一塊兒。風再颳，雪與花交互旋飛構成的星點圖畫變換了不同姿態，在夜空下閃爍著如星辰般的亮光。

雪似花、花似雪。令人眩目的美景一時間讓周遭有如點綴金輝的花圃。

然後，他看見了那坐在山頭上的人影——身穿金色馬褂，綁著高高馬尾的男孩。

「來到此地之人，汝等願望為何？」

男孩的聲音帶著威嚴，但也夾雜包容的溫柔。

願望？

他的願望是……

男孩挑眉，搖搖頭，「吾說，汝等真正的願望。」

扉空對男孩看透心思的回答感到錯愕，往後一退，卻撞到站在身後的伽米加。

「扉空？」伽米加趕緊穩住對方差點跌倒的身子，直直盯向男孩。

「我的願望只有……」發顫的唇瓣吐出無聲的話語。

「不對，那並不是汝真正的心願。」

一直以來他求、他要的，不就是碧琳能夠站起來嗎？為什麼說這不是他真正的心願，那麼他的心願到底是……？

「連自己的心都看不透嗎？」

「我……」

男孩嘆一口氣，「罷了，或許正因為如此，所以旅途才會顯得更加有意義吧。思考著、找尋著，一路走來，或許汝會發現得到的遠遠超過汝所失去的。」

語畢，男孩伸出手，金色的亮粉順著掌心飛進扉空的胸口。喉嚨有些發癢，讓扉空忍不住咳了幾聲，而耳邊也傳來了系統的提示聲。

『系統提示：恭喜玩家【扉空】獲得金靈歌仙的祝福，職稱更改為【吟遊詩人】。』

「即使背負著傷痛，但那並不代表絕望；雖然有時候會遇到痛苦，但那並不是絕對；當遇到難題，只要相信並勇敢面對就能迎刃而解，懷抱著信仰，懷抱的希望，拋棄憎恨……」

扉空抬起頭，映入眼簾的微笑彷彿記憶中的那股溫柔。

「當汝找到真正的答案後，就會明白自己找尋的是為何物，去吧……」

男孩手一揮，扉空和伽米加所站之地立刻出現一個巨大法陣，如同聖歌般的樂音環繞周身。

「撲通！」

夾雜著錯愕，兩道身影同時摔進法陣裡，瞬間消失在金色花圃裡。

「汝真正期望的，並不是幸福的家庭，也不是那女孩失去的雙腳能夠再度站起……而是『救贖』。」男孩垂著眼，嘆息著：「懷抱悲傷的人啊……拋棄悲傷、拋棄憎恨吧！仇恨將會毀滅汝現在所擁有的幸福，所以儘早看清吧，看見那女孩努力想讓汝明白的事情。」

▲▲▲◎▼▼▼

金色的法陣在半空瞬間出現，將兩道人影像是倒垃圾般的扔了出來。

法陣消失，摔在地上的伽米加和扉空同時揉著屁股站起。

地上原本碎散一地的鍵盤早已消失不見，只剩下燒成灰燼的樹枝還殘留著。

當扉空發現自己身處之前落腳的營地時，想起被狼人弄壞的鍵盤，他趕緊在草地翻找著，卻找不到一丁點零件，打開裝備欄也沒有。

「怎麼會不見了？」扉空深深的皺起眉頭，就像找不到自己常常攜帶的玩具的孩童般，有些煩躁。

「扉空，你拿到新職稱了？」

扉空一愣，回頭看著提問的伽米加，眨眨眼。

「剛剛好像有系統的提示聲……」

他打開裝備欄，果真看見職業欄從「冒險者」更改成「吟遊詩人」了。

看見扉空的面板上的職稱，伽米加肯定的點了頭，解釋說：「你找不到鍵盤是正常的，因為當你得到正式的職稱之後，新手武器就會被系統強制回收了。」

「嗯……看起來你好像也沒有什麼其他實用性的武器，那麼要去訂做一個才行。」伽米加摸著下巴，沉思道。

「訂做什麼武器？」

「不然你要赤手空拳等著怪物把你抓去當食物烤了嗎？」伽米加失笑，「我知道你還沒有強悍到那種地步，若是你要重新訂做一個鍵盤也可以，《創世記典》並沒有限定什麼職業該拿什麼樣的武器。當然，拿著符合職稱的武器可以增幅使用招式的強度，但就算拿的是別種武器，只要用得上手倒也沒什麼差別，只是那武器就沒有加強招式的能力了。」

「那你的武器是什麼？」

伽米加頓了頓，叫出一條黑色的教鞭。

「我的能力有種族招式加乘，光是這雙爪子和身材就可以和怪物抗衡，所以就去訂做了和軍裝相符的裝飾性武器了。」

看著「嘿嘿」甩著教鞭的伽米加，扉空露出深深鄙視的眼神。

「你這S愛好者，從今天開始，不准靠近我。」

「耶！？這、這只是裝飾性的，我才不是S愛好者，我的心靈是超級純潔的！」伽米加趕緊解釋，一邊慌張的折彎教鞭，卻沒想到教鞭在那一瞬間「碰」的一聲變成了皮鞭。

對上扉空越發鄙視的眼神，伽米加欲哭無淚，哀怨自己本來只是做來玩玩的裝飾性武器怎麼讓他出包了。

「Ｓ。」冷冷的扔下單音，扉空轉身就走。

「我真的不是，聽聽我的解釋吧……」

伽米加跪在地上，身上有著百斤重的黑線壓著。早知道他就做一頂可以噴出彈簧小雞的軍帽，也總比這在臨時點出包、讓人誤會的教鞭好。

突然，前方的身影轉回頭，噗地再次笑了，那是讓他幾乎看傻了眼的燦爛笑容。

「開玩笑的。你還要在那裡磨蹭多久？不是說要去訂做武器嗎？」

伽米加愣愣的爬起身跑到扉空身旁，再次慎重聲明：「這真的是訂做來玩的，我絕對不是Ｓ。」

「我知道你是個Ｍ。」

「我保證我絕對沒有ＳＭ的癖好！」

伽米加舉手發誓，認真的樣子讓扉空笑得更開了，邁步朝向前方的白光處走去。

「不管今後遇到什麼問題都一定能夠迎刃而解，即使悲傷也能走下去，再度露出笑容面對每一個人……」

摸著咚咚跳動的胸口，透著衣服傳來的暖意讓扉空輕輕垂下眼。

或許，待在這樣超脫現實的世界也不見得是壞事，是吧？

▲▲▲◎▼▼▼

少女留著一頭俐落的短髮，兩邊直至胸前的側髮翻摺固定，髮尾卻留著一搓長至腰部的髮束，左眼下方更有一枚顯眼的紫色星型花紋。

少女身穿一襲翻領的半身外套，外套是一種接近紅的褐色，布料上有著一條條垂直金線，肩膀的地方像是燈籠般鼓起，下半身是一件約二十公分長的燈籠短褲，褐色皮靴高至膝蓋下方，腰間掛著一條鑲著兩顆手掌大小的松果的紅線。

少女頭頂兩隻可愛的小尖耳抖了抖，身後翹起微微外捲的軟厚毛尾垂了下來。當紅色的雙眼在看見從前方建築物走出的男子時，少女立刻跳下原先拿來當座位的圍欄，跑到男子面前。

「都弄好了？」

「嗯，繳交個資料而已，很快就處理好了。對了，妳上次說的那個人怎麼樣了，要一起收進公會嗎？」

少女搖搖頭，「我沒有給他聯絡方式。」

男子一愣，問：「為什麼？妳不是很期待他能跟妳一起來玩嗎？」

「因為那樣子是不行的。」少女跳著步伐，雙掌輕輕握著，抬頭望向那片鮮明亮麗的天空，淺淺的微笑。

「這樣的話，他絕對無法找到寶藏，我唯一的希望、唯一的祈禱，就只有那個善良的他能找到他真正想要的東西，不是被我束縛了雙眼，而是真正看見自己所追求的東西。只有這樣，他才能獲得幸福。」

她是這樣的祈禱著，祈禱著那道身影能夠去追求屬於自己的幸福，只有這樣，在她離開的那一天，他才能堅強的面對。

「那麼現在要去哪？妳有想要順便去逛逛的地方嗎？」

少女搖搖頭，笑著勾起男子的手。

「還是快點回公會去吧，小心明姬姐會直接把帳簿摔在你的臉上喔。」

「啊……那還是快點回去吧。」男子抹臉，最後還是決定乖乖踏上回家的路。

少女回頭望了一眼滿是人潮的小攤區，恰巧一名獸人和一道藍色身影從武器店走出來，站在門口不知道說了些什麼，最後藍色身影背對著她走進小攤區，而獸人則是快步跟上。

好漂亮的人啊……

在心裡小小的驚嘆著，少女微笑著晃掉腦海中的眼熟感，轉身快步跟上男子的腳步，一起離開了中央城鎮。

Logging……

▶▶Loading...

番外

【石川讓】見面之初

站在鏡子前將領口的釦子扣好，繫上領帶，我抓起衣架上的西裝外套穿上，鋼灰的色調讓整體看起來簡潔有力。

我滿意的點點頭，視線移到床頭擺放的相框。

照片裡的人影只拍到半身，女子身上穿著的是以粉紅色澤為底、白色櫻花為圖的和服，近褐色的金髮盤成髻，垂簾珠花襯托她的嬌美，女子臉上的表情始終帶著燦爛笑意。

而我，百看不膩。

「那麼我出門了，櫻。」

淺笑著，我打開了房門，對著照片做出與平常一樣的上班前道別，然後離開了房間。

大家好，我的名字是石川讓，年齡部分請恕我保留，至於職業這部分，我目前是在菲爾特經紀公司擔任經紀人一職。

在剛完成把上個藝人交接給另一位經紀人的工作之後，幾個月下來其實算是挺空閒的，偶爾還可以去百貨公司的頂樓看看戰隊系列的實境演出，直到幾天前接到公司發來的公文，似乎要我擔任一位剛入門的新人的經紀人。當然，這本來就是我的專長，其實也沒什麼好困擾或挑剔的，真的。

但是……

「呃……小東，這位就是……」

「嗯，就是要給你帶的新人，採礦者幾個禮拜前在路上挖掘到的『原石』。」

菲爾特經紀公司內部有幾大部門，其中有專門在路上找尋可開發型人才的專員，這些專員我們稱為「採礦者」，歸公關部門所管。而我們都稱呼未雕琢的新人為「原石」，打磨之後會變成什麼樣的寶石就得看各自的功力了。

「那麼我把他交給你囉！」

小東拍拍我的肩膀笑得燦爛，接著轉頭對著剛剛帶來的少年說：「他是石川讓，我們菲爾特數一數二的經紀人，個性也是數一數二的好相處。那麼就先這樣，有什麼問題直接問石川就可以了。」

說完，小東對著我和少年揮了揮手，說了聲「好好相處」之後就離開了大廳。

「呃……」

小東走了之後其實只剩下我們兩個是有點尷尬的，雖然我帶過的藝人不算少，但是還沒遇到過這種整個靜默到不知道該說些什麼的人。畢竟在演藝圈，朝外接觸、外向的個性是絕對需要的，如果過於害羞內向，可能就要考慮一下他的開發性了。

我重新打量眼前的少年。有些老舊的運動鞋、偏深的牛仔褲及深褐色的夾克外套，因為鴨舌帽的關係所以不是很能看清楚長相，頭髮有些長，很特別的是那是種接近銅紅的金髮。

很漂亮的顏色。

不過衣服上的漬跡讓我皺起了眉頭。如果以藝人為行業，這種在別人眼中有些失禮的裝扮可能就需要再改進了。同時我也好奇，今後要帶的究竟是個什麼樣子的人。

對方的嘴脣抿成一條僵硬的直線，未曾鬆動過。

時間再這樣耗下去也不行，於是我先開口：「你好，我是你今後的專屬經紀人，石川讓，請多多指教。」

伸出的手停在半空中，但是對方卻一直沒伸手回握，尷尬之下我只能低咳一聲，縮回手，推推鏡框。「呃、咳！我看了一下你的資料，『科斯特・桑納』對吧，我該如何稱呼你呢？」

問話之後，又是靜默的尷尬。

再這樣下去要耗到什麼時候啊……

揉揉眉心，正當我重新思考著該用什麼方式跟眼前人「正常」溝通時，對方終於開口，而傳來的聲音是一種帶著低柔的嗓音，介於男女之間。

「科斯特，叫我……科斯特……就可以了。」

低垂的帽簷抬起，那是一張近似於陶瓷娃娃的精緻臉龐，如同聲音……在那一刻，我的心臟好像快跳了幾拍。要是我沒先看到他的資料，或許我會真的把他誤認成女性。

漂亮的少女。

但在下一秒，我發現了那雙眼中帶著的陰影，碧綠的眼瞳如同翡翠，但也藏著連光都無法穿透的黑暗，就像失去光澤的寶石。

我不是沒有見過像這樣子的人，反倒的，我很熟悉——

在社會翻滾許久、失去了什麼、對現世的絕望。

才十七歲的這孩子，是遇到了什麼才會有著現在這樣的眼神？

我垂下眼，然後再次將視線放在那雙眼上。

藝人這種工作在外人眼中光鮮亮麗，也是許多人憧憬的夢想，來到這裡的人都有著自己的理由。但是眼前這個帶著深沉氣息的孩子，是為了什麼樣的原因才來到這裡呢？

深吸一口氣，我露出了微笑，「那麼，科斯特，未來還請多多指教了。」

「這不是石川嘛，怎麼帶個新人帶到攤在這裡？」

順著聲音望去，熟悉的身影映入眼簾，我苦笑的揉揉眉心。

「原來是陵金。聽說薇薇安小姐又接了一部新戲？」

江陵金，和我幾乎同時期開始擔任經紀人這工作職務，交情也算不淺，不過比起交情，我對她抱持更多的佩服，不管是幫藝人安排各項事務或是交際的手段，已經到達連我都甘拜下風的地步了，配上她整體看起來就是精明幹練的形象，到哪都不吃虧。而目前陵金擔任的是公司旗下藝人，童星出身的「薇薇安．密索」的專屬經紀人。

「嗯，本來想推掉的，你也知道薇薇安從小就在演藝圈生活，我希望她可以有更多的時間和其他朋友相處。不過薇薇安說想挑戰新角色，所以思量之後還是接下了。」

「真難得聽見妳說出這種話。」我笑道，畢竟和她的形象完全不符。

紅豔的唇瓣挑起了弧度，陵金雙手環在胸前，挑了個眉。

「那你呢？這是我認識的那位石川讓嗎？終於遇到讓你覺得身心疲累的新人了？」

經紀公司嘛，想進入這行的人是百百種，個性也是百百種。至於陵金會這樣問的原因我大概知道，畢竟我還沒向她抱怨過哪個藝人有問題什麼的，而她則是已經將好幾個把演藝圈當兒戲的傢伙直接掃地出門，也不管上頭是否反對，她發起火來的那股狠勁連 BOSS 都不敢恭維。不過，她的決定是對的，所以上頭也沒怎麼計較她的行為。

「倒也不是妳說的這樣……」

「嗯？」

「我也不知道該怎麼說，這次帶的人……很不一樣。」

「喔？怎麼個不一樣法？」

我搔搔頭，「其實我也不知道該怎麼解釋，就是……這次的新人給我的感覺是……『戒心很重』。」

是的，我只能想到這個詞。

本來以為之後的相處會慢慢打開對方的話匣子，誰知道這是項艱難的任務，就連安排藝能訓練時也是那樣。雖然科斯特都照著訓練師的指令去動作，但是卻始終沒開口說個一、兩句話，幾個禮拜下來都是那樣子，直到最近我詢問他想朝哪方面發展，歌唱或戲劇、舞蹈，即便他開口回答了，可答案卻讓我皺起眉頭。

「不管什麼都好，只要能讓我賺到錢，賺到能讓……的錢就好……」

中間的話聽得不是很清楚，不過看得出來他似乎很需要錢。

為什麼呢？

想問更多，但得到的都是沉默。當時的科斯特互握著的雙手緊抓到幾乎掐出血的地步，他似乎在隱忍著什麼、背負著什麼，沉重到讓他不管一切，只要能有個賺到錢的工作。

我看得出來其實他對於朝向演藝圈發展根本不感興趣。

這樣的人究竟是為了什麼原因而來到這裡？

我想知道。

「戒心重……這樣的人適合朝演藝圈發展嗎？」陵金皺起了眉。

「我也不知道……」嘆了一口氣，我抓起披在椅子扶手的外套穿上，「話雖如此，不過我有個預感，這孩子絕對是顆『原石』。」

「喔？能讓你說出『原石』這詞可不簡單呢！」陵金瞇起了眼。

「我只是這樣覺得，但是在那之前，還是得先跟他培養好感情，讓他撤下心防才行。」拉好領口，我對陵金點頭道別：「那麼我先走了，今天妳也辛苦了。」

「呵，這句話應該是我對你說才對。」陵金難得露出微笑，接著說：「我很期待……你這次的新人。」

我一愣，隨後露出微笑，說了句「先走了」之後，轉身離開了大廳。

▲▲▲◎▼▼▼

幾天之後，一個難得的假日，我來到某家私人經營的醫院探望住院的親戚，正當我在櫃檯詢問到病房號碼、準備前往病房時，熟悉的背影從眼前晃過。

那不是……

突然，前方的人停下腳步，轉進某間病房。

科斯特怎麼會在這裡？他也是來探病的嗎？

看了眼手上提著的水果籃，我帶著好奇，走到病房的門口，門牌上寫著四個名字，其中一個名字讓我愣了一愣——碧琳．桑納。

「桑納」不是科斯特的姓嗎？那，住在這間病房的是……

視線望去，在靠窗的床位我看見了坐在床邊的科斯特，帶著笑意的對話傳進耳膜，他那張總是繃著一號表情的臉龐居然露出了寵溺的笑。

然後我看見了病床上的人，那是一名與科斯特有著相同髮色和瞳色的少女。

似乎是發現到我，少女好奇的朝這裡看來，而科斯特也順著少女的視線望來，在見到我的時候表情明顯的一變。

我知道那絕對不是歡迎的表情。

科斯特站起來，用自己的身體擋住少女，一雙眼死盯著我。

「哥哥，是你的朋友嗎？」

科斯特的身後傳來了好奇的詢問。在科斯特吐出否認的話語之前，我來到兩人的面前，看了科斯特一眼，隨後露出微笑面對坐在病床上的少女，將水果籃放在櫃子上。

「妳好，我是科斯特的經紀人石川讓，稱呼我為『石川』或是『讓哥哥』都可以呦！」

「你在對碧琳說些什……」

「你好，我叫做碧琳。」少女的笑容如同煦陽，興奮的聲音搶走科斯特的話權，「你是哥哥的經紀人，這麼說來是那間經紀公司的嗎？」

碧琳思考著邊說：「叫做菲……菲……」

「菲爾特經紀公司。」我幫碧琳接下話。

「原來哥哥真的加入那間經紀公司了！那麼哥哥會上電視嗎？」

「要先經過歌唱、舞蹈、演藝的訓練之後才能安排出道行程，上電視倒不一定，不過我保證會把他這顆『原石』雕琢得閃閃發光。前提是科斯特願意把他的信任交託給我。」說完，我望向科斯特。

科斯特則是一愣，隨後偏過頭，臉色明顯有些難看，垂在身側的手掌握拳，微微顫抖。希望他不會把拳頭朝我臉上揮來。

「哥哥……哥哥？」碧琳拉了拉科斯特的衣襬。

握緊的拳頭鬆開，科斯特轉身面對少女，殺氣一瞬間不見，取而代之的是剛剛我在病房門口看見的寵溺笑容。

「嗯？」

就某方面而言，我還挺感謝這位女孩的及時出「口」。

「其實如果哥哥不喜歡的話，不當藝人也沒關係的。」碧琳握住科斯特的手，垂下了眼，輕聲說：「只要哥哥開心就好。」

科斯特一愣，隨後低垂的頭抬起，露出淺笑說著：「不會不喜歡，這個新工作。」

我知道這絕對不是他的真話。

「哥哥你不要說謊喔，你說謊碧琳都看得出來。」

「我沒有說謊，不會不喜歡，而且如果順利的話，碧琳妳……」

最後的話說得很小聲，雖然聽不清楚，不過我大概也猜得出來——從科斯特那雙只有對方身影的眼中。

我想，我大概知道這名對演藝圈毫無興趣的少年為何會來到菲爾特的原因了。

從病房出來後的科斯特和我來到了大廳，我走到飲料機前投了兩罐茶品，轉過身看見的還是一直站著的科斯特，低垂的帽簷遮住臉，看不見任何表情。

「不用一直站在那裡，這裡有位子，過來坐著吧。」

我來到空位前，看著不為所動的科斯特，只好用右手將兩罐茶抱著，然後伸手拍了拍他的肩……一瞬間衝擊撞上手掌，快到我反應不及，右手一鬆，傳來的是鐵罐摔落在地的清脆響聲。

科斯特眼裡閃過錯愕，好像要說些什麼，但是卻放棄了，最後他撇開眼，腳步往後一退。

等等，該錯愕的是我吧？

揉著有些吃痛的手腕，我苦笑著說：「難怪你那時不肯握手。」

看得出來科斯特肯定很討厭與別人有肢體上的碰觸，這樣的重戒心要消除可不容易吶……

彎腰撿起地上的鐵罐，掃了一眼其他朝這裡拋來好奇視線的病人，我微笑著表示沒事，然後將一罐茶遞到科斯特面前。

「吶，飲料買了，不喝浪費。」

科斯特複雜的看了我一眼，沉默許久，久到我手痠想放下時，纖細且蒼白的手指終於接過飲料罐。

「謝謝。」

「不客氣。」

聲音如蚊，但我聽見了，也笑了。

我看見科斯特的肩膀明顯一僵，在與我隔一個位子距離的空椅坐了下來。

我無奈的笑著坐下，打開罐口喝了一口茶，聽著病院大廳傳來的廣播。突然，旁邊傳來了有些僵硬的問話。

「你……你不問嗎？」

我一愣，困惑。「問什麼？」

科斯特一頓，握著鐵罐的手指有些用力，「你想問碧琳的事情吧。」

我眨眨眼，「喔」了一聲，「等你想說的時候再說沒關係，我不急。」

科斯特怪異的看了我一眼，皺起了眉，沉默一陣子之後才緩慢的開口說：「碧琳她的腳不方便……」

我看著前方，聽著。

「所以我需要……我需要可以……可以讓碧琳接受更好治療的錢……所以……」

「嗯，我看得出來。」

科斯特一愣，而我則是露出微笑，看著他說：「我看得出來你對演藝圈根本沒興趣，不過你還是來到我面前了。之前的我還在猜想著總是一號表情的你來到菲爾特的原因，不過今天我大概知道了──你很疼愛你的妹妹。」

他那總是繃著的表情出現了鬆動。

「……她是我唯一的家人。」

唯一的家人……是嗎……

一直背負著重擔的肩膀有些顫抖，我很想給這孩子安慰。不過，我卻不想再被打一次。深吸一口氣，伸出的手最後還是放棄搭肩，改移到帽簷上輕輕放著，我看見了科斯特的身子明顯僵直，但是這次沒有再出手打掉我的手，我慶幸我的安慰放對地方了。

「科斯特，接下來這些話，不管你聽不聽得下去、認不認同，我都得和你說。當你接受並且簽下合約的那一刻起，你就是菲爾特經紀公司旗下的藝人，總有一天，你一定會成為別人所追逐的對象，你的秘密將不再是秘密，而是會赤裸裸的攤在眾人面前。假如你真的想守護住你最珍愛的事物，就必須要先有這樣的覺悟。」

「而我，石川讓，在你簽下合約的那一刻開始就是你的專屬經紀人，同時也是你的朋友、家人、夥伴，不管什麼詞都好，只要你覺得聽起來順耳。重要的是我要你知道，我會盡我所能的將你推到別人只能遙望你的頂端，也會保護對你而言重要的事物；更重要的是，不管未來發生什麼事情，我都會一直的……站在你身邊，成為你的後盾。」

「所以，我希望你能將信任交託給我。」

科斯特沒有回話，我也不強迫他得現在回應我。

垂下眼，深吸一口氣，我起身拉好衣襬，看向低著頭的少年，道別：「那麼明天公司見了，科斯特。順便幫我跟碧琳說再見。」

科斯特依然沉默著，但我知道今天的這番話他會聽進去的。

「明天……見……」

如蚊的聲量在我即將離去時傳入耳膜，我回頭望去，科斯特依然坐在那裡不動。不管是不是錯覺，我決定把它當成與科斯特拉近關係的好吉兆，期待之後的合作。

▲▲▲◎▼▼▼

「早安，石川。」

「早安，明。」

「早安，石川先生。」

「早安，華流。」

我對著和我打招呼的同事們一一回應。

「早安，石川，你那位新人已經在休息室等你囉！相處得不錯嘛！」

小東笑著拍拍我的肩膀，而我則是錯愕。

新人？

……不會是指科斯特吧？

腦海中冒出挺不錯的預感，我對小東笑著回應後，轉進走廊來到了盡頭的休息室。輕敲兩聲，打開了門。

低著頭的少年在看見我之後，眼神飄移了些，頓了幾秒，隨後吐出一句：「早安……」

第一次被科斯特先說早安耶！胸口瞬間竄進連我都覺得訝異的感動。

輕咳一聲，我恢復笑容，「早安，科斯特。」

科斯特「嗯」一聲，再度低下頭，過了幾秒之後又抬起頭問：「今天有什麼行程？」

……科、科斯特居然自動問我行程！？

我覺得我下一秒可能會感動到飆淚。

似乎是注意到我有些微妙的表情，科斯特突然有些慌張的低下頭，拉了拉帽簷。

「我、我只是問一下，因為我不太清楚今天要做些什麼……」

看著如同孩子般的困窘動作，我噗嗤的笑了，隨後掏出手機查看了一下行事曆上記載的行程。挑了下眉，我打了一通電話給訓練師，請她將課程往後延，而很幸運的，對方也沒多問什麼就順利的答應了，看來平常請喝咖啡還是有用的。

蓋上手機，我看著科斯特呆愣的臉龐，指指外頭，笑著說：「今天的行程非常重要，我們要去醫院看個小公主，所以路上得先買束漂亮的花，科斯特你有建議嗎？」

「今、今天不用訓練嗎？」

「當然有。」

「那課程……」

「今天的訓練課程就是和你的經紀人培養合作默契，訓練場所則是從這裡——」我踩了一下地板，「從這個房間開始，直到醫院的路途。過程隨機應變、千變萬化，這可是個不簡單的課程呢！」

科斯特似乎還有些反應不過來，而我則是掏出車鑰匙晃了晃。

「好了，科斯特，對於要送給小公主的花束你有什麼建議嗎？」

這次科斯特回過神了，手指靠在脣下，有些遲疑的說著：「色彩繽紛的……因為醫院裡都是白色……」

「很好，色彩繽紛的花束。課程開始。走吧，我們到花店去！」

看著科斯特驚慌跟上的樣子，我覺得有些好笑。

不過我想從這一刻開始，一切會變得不同的。我由衷的在心裡這樣期待著。

番外　【石川讓】見面之初　完

▶▶Loading...

番外

【薇薇安】童年之時

寬廣的大廳來回穿梭許多穿著時尚的大人，每一位看起來都漂亮炫目，閃閃發亮如同現今熱映的、深受孩子們喜歡的卡通——《花花兒》裡的變身公主。

沙發上，身著粉色蓬裙洋裝的女孩正坐在上頭，手指有一下沒一下的拗折著放在腿上的本子頁面，一邊抬頭望向遠處角落正在和兩名男子笑著交談的母親。

她是薇薇安．密索，年僅七歲，是近兩年在廣告圈裡興起火熱旋風的炙手童星，不只拍過廣告的商品皆大賣，更在近幾個月內轉戰演藝圈，擔當新偶像劇裡的主角孩童一角。只要走到街上，各處更可直接看見以薇薇安為主角的商品海報，是現今最多人討論的童星之一。

雖然她在演藝圈裡相當受到歡迎，但此刻，本人並沒有顯露海報上的甜美笑容，而是一臉陰鬱與苦惱。

咬著嘴唇，薇薇安低頭再看了下手上的紙頁，滿載的一行行句子中，許多的字體都是她看不懂的，看不懂就算了，這些字體旁邊居然還密密麻麻的寫了一堆標示的注音，整本劇本擠到想找出一點空白角落都難。

今天要把這一頁背完才行，這是母親昨天交代的。

她不懂，為什麼她得背下這些連自己都不認識的字和句子？為什麼她不能和朋友出去玩，只能被拉著到片場等著開拍的時間？不知道從什麼時候開始，她連自己愛看到入迷的卡通影片都已經變得模糊、忘記了劇情。

很多很多的時候她向母親央求不想再繼續當個「童星」，就算很多人看見她會驚呼、會稱讚她好可愛，但他們卻不知道她只想像班上的其他同學一樣，和朋友一起聊天、上學。

不知道從什麼時候開始，朋友，全都不見了。

緊握著手中的劇本，大力到指痕都掐進白白的紙頁裡，薇薇安看了遠處的大人一眼。

兩男一女聊得很開心，並沒有注意到女孩的不對勁。

就、就這一天也好，她能不能當一次平凡的小朋友？她可不可以不要再背這些讓自己腦子疼的劇本？

不安的再次瞧了一眼，薇薇安深吸口氣，下定決心冒險一次。

她努力壓著狂跳不已的胸口，身子前斜跳下沙發，在雙腳落地的同時也跟著彎下腰，小心翼翼從桌邊的縫隙爬向玻璃大門的方向。一離開沙發區的範圍，她那短短的小腿趕緊邁步奔出了電視臺的大門口。

許多男男女女從眼前徘徊而過，天空和建築物高得無法觸碰。

在薇薇安眼裡，第一次覺得這世界是高聳巨大的。

小小跳動的胸口有點不安，卻也帶出一絲興奮。

薇薇安回頭看了眼自動闔上的玻璃門，從霧面的玻璃裡透露出幾道模糊的色塊人影向門口的方向跑來，還夾雜著母親的喊聲。

「薇薇安！快點回來！」

不要、不要！她才不要回去繼續背那鬼劇本！

對著門內的人吐了吐舌頭，薇薇安轉身鑽進來往的人潮裡。

巨人的腳成為薇薇安最大的遮蔽物，很多聲音從耳邊飄忽而過。跟隨著前進的步伐，薇薇安跑過白色的斑馬線，在小綠人變成靜止紅人的那一刻踏上凸起一個階的水泥地，轉身望著站在對街氣喘吁吁的、熟悉的大人們。

母親又再度喊了一次要她回去的話語。

回去？

她才不要！

每次只要拍戲，她就不能照正常的時間睡覺，也不能看她最喜歡的《花花兒》，更不能和小鏡一起回家，而且背錯劇本的句子還要被罵。

以前爸爸還在的時候她根本不用做那麼多事情，只要玩和吃東西就可以了。

她討厭，超級討厭演戲，超討厭當個童星！

「我不要！我想要像其他人一樣，可以和朋友一起玩、一起上下學！」

薇薇安轉身再次鑽進人潮裡，頭也不回的躲避後方急切懇求的聲音。

「咕嚕嚕——」

在肚子叫了第二十回之後，薇薇安終於停下不知道走了多少路的腳步，摸著發出叫聲的肚子，悶悶的抓了抓裙襬的蕾絲。

「肚子，好餓……」

悶悶的垂下頭。對不起，她已經開始後悔當個逃避的壞小孩了，不過回去的話，一定會被媽咪罵的吧？說不定連櫃子上的那只愛心小手都會出動。

腦海裡彷彿響起那劃破空氣的嗖嗖聲，還有那打在皮膚、痛進骨頭的刺痛感。

想到過往的恐怖回憶，薇薇安抓著雙臂打了個冷顫。

——媽咪打人很痛的，嗯！對！寧願肚子餓，也不能回去。

認真的點了點頭，薇薇安張開雙臂，深深的吸了一口氣，再吐氣，最後四處張望，然後她終於發現了一件事情……

「這裡……是哪裡？」

左邊是一棟棟的平房建築物，沒有招牌，也沒有人潮；右邊則是一座種著許多樹木的公園，看起來還滿大的。

這裡沒有什麼人經過，只有一位推著娃娃車的媽媽從前方的路口彎進來，再從前方不遠處的公園入口彎了進去。

薇薇安停止的雙腳重新邁開，沿著遮擋住矮小身高的小樹盆來到了公園的入口處，裡面除了周圍種植著很多的大樹外，還有一塊放置遊樂器材的空地，有堆土的沙坑、盪鞦韆、企鵝形狀的溜滑梯、小豬翹翹板以及鴨子搖搖椅。

公園裡的人不多，只有兩名推著娃娃車的媽媽，還有三名看似與薇薇安差不多年紀，約六、七來歲的小孩子，兩男一女。

陣陣笑聲傳入耳膜，看孩子們玩翹翹板玩得笑開懷的樣子，薇薇安心生羨慕。

「真好，要是我也能一起玩就好了。」肩膀微微垂聳，薇薇安悶悶的踢著腳邊的小石頭。

「嗯？妳也要一起來玩嗎？」

突然從後方出現的聲音嚇得薇薇安一陣冷意竄上背脊，趕緊轉身一跳，但她看見的並不是一臉斥責的母親，而是一個陌生的、看起來與自己差不多大的女孩子。

女孩的頭髮顏色和她不一樣，是一種比楓葉還要再深的紅色；而那雙像是翡翠般的眼眸，讓薇薇安沒來由的冒出一種特別的悸動，就像是看見櫥窗裡的洋娃娃一樣，有種很漂亮、很可愛的喜愛感。

「要嗎？我們一起玩。」

女孩不怕生的對薇薇安伸出了手，露出開朗的笑容。

連眼睛都笑瞇了的樣子，很像可莉家養的梅梅。

喔，忘記說，梅梅是隻漂亮的純白波斯貓，很黏人的波斯貓。

望著那雙純淨的眼，等到薇薇安察覺時，自己早已被女孩拉著跑，小手緊牽著小手。

女孩拉著薇薇安跑到正在玩翹翹板的三人面前，開心的打招呼：「亞美、小俊、小古！」

三人同時轉頭望向女孩，一男一女坐在一起的那一邊停在地上，而單獨坐在翹翹板另一邊的男孩則停在半空，一雙短腿晃呀晃，絲毫不在意自己正停留在半空。

「碧琳，妳好慢喔，不是說吃完早餐就會來嗎？怎麼拖到現在？」

那名還握著薇薇安的手的女孩用另一隻手搔搔自己的短髮，嘟了嘟嘴，「誰叫哥哥要我把作業寫完才肯放我出來，抱歉嘛。」

原來她叫做碧琳呀……薇薇安偷偷打量著身旁的女孩。

「誒，妳家哥哥真的好嚴喔，反正明天也放假，幹嘛急著今天就要寫完作業，明天再寫就好了呀！對不對，小古？」綁著一頭翹馬尾的圓臉女孩亞美別過頭，對著身後理著平頭的男孩要求認同。

「就是說呀！我都是星期日晚上才寫的，反正只要星期一上課有交就好了。」那名叫做小古的男孩聳了聳肩。

「碧琳，她是誰啊？」高翹在半空的男孩突然向薇薇安望去，發出了詢問。

碧琳指著公園入口，興奮的解釋：「剛剛我在那裡遇到的，她也想跟我們一起玩。」

「一起玩嗎？」亞美瞧向薇薇安身上的白色裙子，皺起眉，為難的小聲道：「可是她的衣服那麼漂亮，要是弄髒了的話……」

薇薇安懂這句話的意思，穿著漂亮高級的洋裝要是弄髒的話，一定會被對方的家長罵。在學校，很多原本會跟她玩的人都用這個理由打發她走，不是因為她做錯事，只是因為她穿著漂亮又高級的洋裝，因為她是「薇薇安」，電視圈新起的當紅童星。

她沒有對人擺過臭臉，卻被指著說驕傲。

她沒有罵過人，卻被推開、不准她加入遊戲一起玩。

她上課舉手回答，卻被其他人私下說愛現。

其實她跟還沒參加第一次選拔的時候一樣，只是換了一身衣服而已，卻被說成這副模樣。拉著自己的裙襬，薇薇安抿著小嘴，左轉右瞧，在其他孩童錯愕的目光下一屁股坐往地上，用力朝地面打滾了一圈。

蹬的重新站起，抹掉一鼻子灰，薇薇安深吸口氣，覺得心情沒來由的痛快。她雙手扠腰，抬高下巴直視著錯愕的亞美，一字一句努力清楚的說道：「反正我的洋裝已經髒掉了，不用怕會更髒，我想要跟你們一起玩！」

認真的宣言，在靜默無聲的幾秒過後，傳出的卻是此起彼落的狂笑聲。

三個小孩笑到差點從翹翹板上跌了下來，而碧琳也是笑到彎身蹲下。

捧著肚子笑到不能自已，三個孩子跑到薇薇安面前。

亞美雙手直接扶上薇薇安的臉頰，燦爛的笑容彷彿陽光一般，「妳真的好有趣喔！我們一起玩吧！」

「對啊！這樣翹翹板就可以比賽，也有評審了！」小古雙手握拳放在胸前興奮的上下晃著。

「我叫做李益俊，妳可以叫我小俊。妳呢？妳叫什麼名字？」留著一頭翹捲短髮的男孩伸出友善的手，好奇問。

「我、我嗎？」

「對喲，我都還沒問過妳的名字。」碧琳指著自己與其他人，開始介紹：「我叫做碧琳，她是亞美、小古和小俊，妳呢？」

這是自從薇薇安成為名童星之後，第一次有人詢問她的名字。

原來他們並不知道她是誰，這樣的話……如果告訴他們她是「薇薇安」，那麼她會不會像在學校一樣又被推開呢？

不安讓薇薇安偷偷的搓了下手，不自在的摸了摸自己的鬢髮，最後她終於下定決心，決定為自己好不容易偷得的閒暇時光說一次謊。

「我叫做花花兒。」

當薇薇安一說完，四名同齡小孩瞬間張大嘴，明顯是目瞪口呆的模樣。

率先回神的碧琳晃晃腦袋，雙手伸出食指交叉擺出了一個眾多孩子熟悉的 POSE ，用「呀哈」的聲音當開頭，道：「神出鬼沒花花兒，是正義的化身——」

薇薇安拉著裙襬轉了個圈，單腳一跳，「欺負冰淇淋的壞蛋們，乖乖拜倒在我的石榴裙下，為自己的罪惡懺悔吧！」

「花花兒——」

碧琳高舉比著「1」的右手，而薇薇安毫無猶豫的也比出同樣的姿勢靠上，「呀哈」一聲。

其他三人互看一眼，全都伸出食指指尖相互抵上，光芒閃爍如同星辰。

「正義必勝！」

五人同時喊出口號，幾秒之後，又瞬間爆笑出聲。三個女孩更是手抓手興奮激動的跳著，不停喊著「花花兒」。

「那麼，我們一起來玩吧，花花兒！」

薇薇安用力點頭，「嗯！」

亞美和小俊坐在鞦韆上用力晃盪，而小古則充當推手兩邊奔波，三人不斷傳出開心的笑聲。

坐在動物搖搖椅上的碧琳睜著晶亮的眼望著薇薇安，發出了驚呼：「喔喔，原來是妳！難怪我總覺得妳好眼熟，電視上妳一直在喝牛奶耶，媽媽說妳長得超可愛的。」

在玩過好幾巡後，薇薇安還是無法抑制小小良心的苛責，偷偷坦承她的秘密，她不是卡通裡受人喜愛的花花兒，而是現實裡的童星「薇薇安」。

不過，更讓人意外的是四個小孩的態度——聳肩、搔頭、傻笑、牽起她的手說「薇薇安比花花兒好聽耶。」的話語，然後又拉著她從溜滑梯玩到沙坑堆城堡，從堆城堡玩到翹翹板，接著就四處分散玩開了。

碧琳拉著她來到搖椅區，將她推上鴨子的搖椅後，自己再坐上小雞的搖椅，兩人邊晃邊聊天。聊著聊著，也聊了許多的事情。

「但我不喜歡出現在電視上。」薇薇安停下搖椅，悶悶的嘟起嘴，抱怨。

碧琳無法理解的「咦」了一聲，納悶問：「為什麼？在電視上出現很厲害耶！我媽媽說只有厲害、受歡迎的人，才會出現在電視裡。」

「可是我要背好多好多的句子，滿滿、滿滿的這麼多的紙。」薇薇安雙手掌心相對著，比了個五公分的厚度，不滿道：「我想睡覺還要被叫起來，媽咪說拍完戲才能睡覺。那些字我看都看不懂還要死背起來，連學校的作業都沒那麼多，又難背。」

聽著薇薇安的敘述，碧琳小小的眉頭皺成一個川字，難得認同的說：「要是我一定做不來，光是學校的作業我就受不了了。」

連別人都說辛苦，光是想到之後還有那些要拍的廣告和戲劇，薇薇安整個人瞬間有種乾脆一直躲在外面算了的想法。

「不過我還是覺得，能夠出現在電視上讓很多人看見，是一件很厲害的事情呦！」

薇薇安先是訝異，隨後苦下臉，「但是很累呀……」

「嗯，因為我不是薇薇安妳，我沒有真的去做過那些事情，所以沒辦法體會。但是，演戲那些東西也不是隨便的人可以去做的吧？」

碧琳轉身跳下搖椅，比手畫腳的說著：「妳看，像我就沒辦法，我完全沒辦法想像自己有一天會出現在電視上讓哥哥、媽媽、爸爸看見。可是薇薇安妳剛剛說了吧？有很多人稱讚妳演得很好，說妳很可愛，那就表示有很多人都很喜歡妳，認為妳做得很棒。哇～我想一想都覺得妳真的超級厲害的！」

從女孩口中說出的話語，和大人講述時的感覺很不一樣。那些大人稱讚自己的時候或許並不是真的沒有感覺，也許他們是有一點點的開心，只是一再重複的相同話語，加上她在學校經歷了不一樣的轉變，所以她開始認為那些話只不過是例行式的隨口說說。

其實她根本沒那麼可愛，也根本沒有那麼好。

但是現在與她相同年紀的女孩卻稱讚了她，同儕間的鼓勵是最好的讚賞。

碧琳繞過搖椅來到薇薇安身旁，用力握住她的手，碧色的眼眸裡透出認真的誠懇，「我真的真的覺得薇薇安妳很厲害，能夠在電視上看起來那麼漂亮，就跟花花兒一樣呢！」

「妳真的覺得我很棒嗎？」薇薇安小心翼翼的詢問。

碧琳毫不猶豫就點頭，「嗯！薇薇安妳超棒的！」

璀璨的眼，如同寶石般閃亮。第一次，薇薇安因為同年紀女孩的稱讚而臉紅了，圓撲撲的臉頰泛起粉紅。

「那、那我會好好背劇本，這樣妳就可以常常在電視上看到我了。」

碧琳露出笑容，「好呀！要加油喲！如果妳心情不好的話，也可以再來這裡找我玩。」

「……打勾勾。」薇薇安點點頭，抬起手。

伸出的小指被勾上，碧琳朗朗說道：「那就約好了，薇薇安要加油，常常在電視上出現，然後只要妳心情不好，都可以來這裡找我，我一定都會陪妳玩。」

「嗯！約好了！說謊的人要……」眼睛咕嚕的轉了一圈，卻想不出一樣懲罰，薇薇安的臉皺成包子摺。

「說謊的人要被正義的花花兒懲罰，把臉塞進冰淇淋裡一小時。」

異想天開的提議讓薇薇安瞪大眼，隨即噗嗤笑出聲。她晃著勾住的手指道：「哈哈！那就這樣，說謊的人就把臉塞進冰淇淋裡一小時。」

「所以薇薇安要加油喔！」

「嗯！」

在兩個女孩相互落下約定的同時，天空也早已轉變成橘黃色澤，幾道呼喊孩子名字的喊聲在公園入口此起彼落的出現。

正在溜滑梯的亞美、小俊和小古紛紛奔出遊樂區域，跑向公園入口來接他們的大人面前。

「碧琳、薇薇安，掰掰！」孩子們回頭向玩伴相互道別，然後牽住自家父母的手，離開了陪伴他們一整個白天的公園。

一名有著銅紅髮色的男孩也在人群離去後進到公園裡，停步在搖椅面前。

看似十歲左右的年紀，是一個長得如同陶瓷娃娃般的漂亮男生。

「碧琳，該回家了。」

男孩的聲音纖細柔和，宛如女嗓。

薇薇安望著眼前的漂亮男孩，不自覺的臉紅。

——這個人好漂亮呀……

「啊！哥哥！」碧琳興奮的跑到男孩面前，牽起那雙比自己大上一倍的手，眼裡藏不住對自家兄長的喜愛。

「看妳，玩得髒兮兮的。」男孩彎下腰，拉起自己的衣襬幫碧琳擦拭掉臉頰沾到的髒汙，替她撥好飄亂的鬢髮。

看得出來這位兄長非常疼愛自家妹妹。

「嘿嘿……對了，哥哥，她是薇薇安喔！是我新認識的朋友！」

「薇薇安？」

看見男孩瞟來的目光，薇薇安不自覺的緊張了起來，趕緊往旁邊跳下搖搖椅，低著頭，手指相互握絞著。

「她是最近電視上常出現的那個，媽媽說過很可愛的，一直喝牛奶的女生。」

本以為碧琳的介紹會讓男孩露出與學校同學相似的表情，薇薇安很不安。她偷偷打量一眼，卻沒想到男孩僅是在呆愣幾秒之後，對她露出了微笑。

一抹很溫柔，令她直至多年之後都無法忘懷的笑容。

「好厲害。」

這是在誇獎她嗎？

胸口怦然跳動，這是她從未有過的感覺。

薇薇安訝異的抬頭，卻說不出一句話，只能小聲又含糊的吐出一句「謝謝」。

沒想到小聲的話語也讓男孩聽見了。只見他又露出了笑，隨後一手牽住碧琳的手，另一手朝著薇薇安揮了揮。

「謝謝妳今天陪碧琳玩。」

「掰掰，薇薇安。」碧琳也一起朝她揮了揮手，然後做了個握拳動作，「加油喔！」

薇薇安一愣，趕緊舉起手揮著道別。

目送那相差數十公分的背影離去，被夕陽灑上金橘粉末的公園是如此的寧靜和諧，薇薇安一時還無法將視線從那已消失的背影處移開。

「謝謝。」薇薇安雙手交握靠在胸前，露出釋然的微笑，輕聲說道：「我會加油的！」

▲▲▲◎▼▼▼

當晚，終於離開公園與正在尋人的母親重逢的薇薇安被狠狠的斥責了，但看到罵著罵著卻哭了出來的母親，還有周遭明顯擔心與鬆了一口氣的其他大人，薇薇安知道自己錯了，就算再怎麼討厭背劇本，她也不該自己一個人胡亂跑走，讓這麼多人替她擔心。

「對不起。」薇薇安小小聲的道歉。

這次的事件，成為她人生中的一段小插曲，但卻讓她有了不一樣的轉變。

當母親真的認真考慮讓她退出演藝圈時，她自願留了下來。

然後在許多年、許多年之後，她從廣告童星變成戲劇當紅女主角。她和以前不一樣了，她不會再覺得背劇本是件頭痛又難做的事情，反而很樂在其中，也很享受那些注視她的目光，因為她能看見那些人是真正的在稱讚她；她能清楚的肯定自己的成就，也懂得去挑戰跨越人生的極限。

她認真的做好了這件事。

這件事情也因為完美而獲得別人的讚賞。

她遵守了小時候那與她僅僅一天之緣的女孩的約定。可惜的是，在那之後她因為工作需要而搬家，結果卻無法再見上女孩一面，等她有空再度回到那座城市、那座公園時，卻不見女孩的蹤影了。

「不知道怎麼樣了……」

捧起桌上小狗造型的馬克杯啜飲了一口熱牛奶，薇薇安望向窗外飄落的金黃銀杏。

距離那時已經過了七年，女孩不知道變成了什麼樣貌的少女，不過她想，一定和那時她所遇見的一樣吧，漂亮得如同湖底的青翠寶石。

「真希望能和妳再見到一面，還有……」

那時候令她悸動的，如陶瓷娃娃般的漂亮男孩。

那對兄妹對她所說過的話語，是她支持至今的鼓勵與動力，若是當時沒有遇見他們，或許她就不會有今天的成就。

她可能會在回到母親面前的時候，百般央求直到母親願意讓她退出演藝圈也說不定。

那麼她就沒有辦法像現在這樣體會到每個劇本故事的有趣，挑戰各式各樣角色演出的機會；她會被淹沒在這隨波逐流的社會裡，而不是像這樣活出自我。

「我真的很感謝。」她輕聲低語著。

當初的稚嫩孩童已成長為人人讚賞的標緻少女，如果還能再重新見面，她一定要將這句話好好的告訴他們。

「薇薇安。」

身旁傳來熟悉的女聲。薇薇安回頭一看，起身，微笑招呼：「陵金。」

江陵金，是她現任的專屬經紀人。從她加入菲爾特經紀公司、打開更不一樣的演藝道路之後，陵金就一直在她身旁輔佐著、照顧著，對她來說就像是第二個母親一樣。

「那一位已經到了，BOSS說可以進去會議室了。」

「嗯，好，我們走吧。」

江陵金接過薇薇安端起的馬克杯，和薇薇安一起走向大廳右手邊的走道。

「聽說這次的新人是石川先生負責的？」

「是的，而且聽說是顆『原石』。」

「這麼說來，他是完全的圈外人囉？」薇薇安很意外。

雖然公司並不是沒有收過完全無經驗的圈外人士，但是近幾年幾乎都是從別家經紀公司轉來的舊型藝人，完完全全從路上開發的原石可是她近年來頭一次聽見。而且……

她腳步停佇在盡頭的玻璃門前。

通常都是在訓練過後、準備出道之前，才會讓新藝人和資深藝人見面，為什麼BOSS會想安排她和剛進公司的新人見面？她不懂。

江陵金將胸前的磁卡朝著門旁的感應器一晃，玻璃門應勢朝向左邊滑開一道入口。走進會議室，江陵金率先對會議室內的三人點頭打招呼，而薇薇安也跟著道：「BOSS、石川先生。……」

句末停住的話語並不是因為不曉得對方的稱呼，在昨天接到通知後，江陵金就已經告訴過她對方的名字，但是她卻從來沒有想過……

占據視線的，是回憶中的那一片紅。

曾經遊玩的笑聲近似在耳邊，那幾句鼓勵與交談從腦海深處一湧而出。

「薇薇安，這一位就是科斯特。」

「原來叫做科斯特啊……」輕聲低喃，意料外的見面讓薇薇安難掩驚訝的望著眼前的人。男女莫辨的臉龐，與記憶中相同。但是那雙眼、以及這人身上所散發出的氣息，卻與當時截然不同，沒有當初的貼近，就像是隔絕著一道透明的牆壁般，令人無法再靠近一步。

為什麼……會變成現在這樣呢？那麼那名女孩呢？

她不了解在過去的七年時光裡，這個漂亮的少年是歷經了何種事情，她迫切的想要知道那名女孩的近況，但她知道她不行。現在，並不是時候。

這樣隔絕的高牆，眼前的人是絕對不會對她透露出一句話的。

「科斯特，打聲招呼吧。」

在石川讓的催促下，科斯特在沉默了將近一分鐘之後，才傳來一聲：「妳好。」冰冷毫無起伏的語調，就像是在面對陌生人般。

——原來他不記得了啊……

薇薇安頓時心生失落，但旋即重拾心情。

也對，才見過一次面而已，忘記是正常的。而且，如果說他是新進的藝人，那麼就表示之後還會有很多、很多相處的時間！

她本來以為再也見不到面，但是現在……

薇薇安走向前，停在那道無形高牆的前方，露出一抹淺淺的微笑。

「你好，科斯特，很高興認識你。」

——還有謝謝，真的很謝謝你來到我的面前。

從窗戶透進的陽光照亮室內，將薇薇安的笑容映襯得燦爛。

她知道不是現在，但未來的某一天，她相信自己一定能跨過眼前的這片高牆。當她能夠再向前一步、能夠拉近彼此的距離時，她一定可以與那個女孩重逢，然後三個人一起重新憶起那久遠的時光……

番外　【薇薇安】童年之時　完

《幻魔降世01初心者大冒險．偶像哥哥請多指教》完

敬請期待更精采的《幻魔降世02》

飛小說系列 112

幻魔降世 01

初心者大冒險★偶像哥哥請多指教

出版者■典藏閣
作　者■蒼漓　繪　者■生鮮P
總編輯■歐綾纖
製作團隊■不思議工作室

郵撥帳號■50017206 采舍國際有限公司（郵撥購買，請另付一成郵資）
台灣出版中心■新北市中和區中山路 2 段 366 巷 10 號 10 樓
電　話■(02) 2248-7896　傳　真■(02) 2248-7758
物流中心■新北市中和區中山路 2 段 366 巷 10 號 3 樓
電　話■(02) 8245-8786　傳　真■(02) 8245-8718
ISBN■978-986-271-548-2
出版日期■2014 年 11 月

全球華文國際市場總代理／采舍國際
地　址■新北市中和區中山路 2 段 366 巷 10 號 3 樓
電　話■(02) 8245-8786　傳　真■(02) 8245-8718

新絲路網路書店
地　址■新北市中和區中山路 2 段 366 巷 10 號 10 樓
網　址■www. silkbook. com
電　話■(02) 8245-9896
傳　真■(02) 8245-8819

線上總代理：全球華文聯合出版平台
主題討論區：http://www.silkbook.com/bookclub　◎新絲路讀書會
紙本書平台：http://www.silkbook.com　◎新絲路網路書店
瀏覽電子書：http://www.book4u.com.tw　◎華文電子書中心
電子書下載：http://www.book4u.com.tw　◎電子書中心（Acrobat Reader）

☞您在什麼地方購買本書？☜

1. 便利商店（＿＿＿＿市／縣）：☐7-11　☐全家　☐萊爾富　☐其他＿＿＿＿＿＿

2. 網路書店：☐新絲路　☐博客來　☐金石堂　☐其他＿＿＿＿＿

3. 書店（＿＿＿＿市／縣）：☐金石堂　☐誠品　☐安利美特animate　☐其他＿＿＿＿

姓名：＿＿＿＿＿地址：＿＿＿＿＿＿＿＿＿＿＿＿＿＿＿＿＿＿＿＿＿＿＿＿

聯絡電話：＿＿＿＿＿＿＿＿　電子郵箱：＿＿＿＿＿＿＿＿＿＿＿＿＿＿＿＿＿＿

您的性別：☐男　☐女　　您的生日：西元＿＿＿＿＿年＿＿＿＿＿月＿＿＿＿＿日

（請務必填妥基本資料，以利贈品寄送）

您的職業：☐上班族　☐學生　☐服務業　☐軍警公教　☐資訊業　☐娛樂相關產業

☐自由業　☐其他＿＿＿＿＿

您的學歷：☐高中（含高中以下）　☐專科、大學　☐研究所以上

☞購買前☜

您從何處得知本書：☐逛書店　☐網路廣告（網站：＿＿＿＿＿＿＿）　☐親友介紹

（可複選）　☐出版書訊　☐銷售人員推薦　☐其他＿＿＿＿＿＿＿＿＿

本書吸引您的原因：☐書名很好　☐封面精美　☐書腰文字　☐封底文字　☐欣賞作家

（可複選）　☐喜歡畫家　☐價格合理　☐題材有趣　☐廣告印象深刻

☐其他＿＿＿＿＿＿＿＿＿

☞購買後☜

您滿意的部份：☐書名　☐封面　☐故事內容　☐版面編排　☐價格　☐贈品

（可複選）　☐其他

不滿意的部份：☐書名　☐封面　☐故事內容　☐版面編排　☐價格　☐贈品

（可複選）　☐其他

您對本書以及典藏閣的建議＿＿＿＿＿＿＿＿＿＿＿＿＿＿＿＿＿＿＿＿＿＿＿＿

＿＿＿＿＿＿＿＿＿＿＿＿＿＿＿＿＿＿＿＿＿＿＿＿＿＿＿＿＿＿＿＿＿＿＿＿

＿＿＿＿＿＿＿＿＿＿＿＿＿＿＿＿＿＿＿＿＿＿＿＿＿＿＿＿＿＿＿＿＿＿＿＿

✌未來您是否願意收到相關書訊？☐是　☐否

✎感謝您寶貴的意見✎

印刷品

請貼
3.5元
郵票

$3.5
不思議信箱
FUSIGI POST

235 新北市中和區中山路二段366巷10號10樓
華文網出版集團 收
（典藏閣－不思議工作室）

初心者大冒險★偶像哥哥請多指教

幻魔降世

Create Dream Online 01